FARBIGES CORDOBA

Text: Miguel Salcedo Hierro

Fotografien: Archivo Everest, con la especial colaboración de Francisco Triviño y Ladis-hijo

Künstlerische Darstellung: Luis Antonio Pastrana Giménez

Editorial Everest, S. A.

MADRID • LEON • SEVILLA • GRANADA • VALENCIA • ZARAGOZA
BARCELONA • BILBAO • LAS PALMAS DE GRAN CANARIA • LA CORUÑA

SEGUNDA EDICION

© by EDITORIAL EVEREST, S. A.-LEON
Carretera León-Coruña Km. 5
Alle Rechte vorbehalten.
ISBN 84-241-4840-1
Gesetzl. Depot-Nr. LE: 505/1979
Printed in Spain-In Spanien gedruckt

EVERGRAFICAS, S. A. Carretera León-Coruña Km. 5, LEON-(España)

1. *Luftanblick der Stadt. Im Vordergrund, die Neue Brücke (Puente Nuevo) (1953), die die Ausweitung der Stadt gen Süden erleichterte.*

1. FARBIGES CORDOBA

Als Farbe definiert man den Eindruck, den die von einem Körper durch die Netzhaut des Auges reflektierten Lichtstrahlen im Empfinden hervorrufen. Wenn man sich zu einer farbigen Beschreibung von Córdoba mittels der Symbiose Wort-Photographie aufrafft, dann verwandelt sich die einfache Definition —Córdoba farbig— in eine mannigfaltige; denn man muss die Farbe Córdobas als eine Vielfalt von Farben ansehen. Dies will indessen nicht besagen, dass sie nicht den beschreibenden Weg innerhalb der Linien —streng parallel— der cordobesischen Besonderheiten zurückzulegen haben, die in ihren Schattierungen und in ihrer Richtung unveränderlich festliegen.

Welches ist aber die Farbe dieser Stadt? García Lorca fasste sie als "himmlich verzwicktes Córdoba" auf. Möglich, aber nicht immer so. Es ist eine unumstössliche Tatsache, dass sie zu jeder Stunde ihres historischen Daseins von einem anderen Licht getroffen wurde. Ebenso steht die faszinierende Vielfältigkeit ihres künstlerischen und monumentalen Inhalts hinsichtlich der Farbe ausser Zweifel.

Wenn wir in einem magischen Regenbogen das Sonnenspektrum über Córdoba entfalten, würde es selbstverständlich die sieben Grundstrahlen überfluten; rot, orange, gelb, grün, blau, indigo und violett. Aber bei deren Zusammentreffen mit den alten Plätzen und den Gärten, mit den Strassen und Gebäuden würden

sie cordobesischen Definitionen unterliegen: das Olivgrün der Tore des Klosters de la Merced; das Blau der Fenster des Palastes der Markgrafen von Viana; das Ocker, das die weisse Aussenwand der "Hermanas de la Cruz" abschliesst; das Zinnober, das sich in den Steinbögen der Mezquita zerteilt und sich in den Farben der Schutzplanken der Stierkampfarena verdoppelt; das Fuchsienrot der Abenddämmerung in der Albaida; das Siena in der Tiefe der Landschaft, das sich auf den Lippen der Köpfe von Valdés Leal und in den Augenhöhlen der Frauen, die Romero de Torres malte, wiederholt; das Smaragd der Gärten des Alcázar; das Kobaltblau des Guadalquivir, ehemals von der Sultanin Romaiquia als schmiegsame Masche bezeichnet, als an einem Nachmittag die Brise leicht das Wasser kräuselte, oder die Blautönung des Gewandes von San Rafael, ein idealer Hintergrund als Heilmittel für die Augen des Tobías, ein kleiner Spiegel aus Schuppen, die zart von der Hand des Erzengels herabhängen.

Das farbige Córdoba kann man von seinen Mauern aus bewundern. Siene beiden grossen Stadtteile, die Almedina und die Ajerquía, die durch die Strasse "San Fernando" (früher de la Feria) voneinander getrennt sind, bewahren noch ihre Besonderheiten und besitzen eine reizende Verbindung durch das Portillo-Tor.

Die Mauertore von Córdoba wurden im Verlauf der Jahrhunderte zerstört; aber noch heute kann man folgende betrachten: das von Sevilla aus dem 10. Jahrhundert mit zwei gleichen Bögen; das von Almodóvar, von Türmen eingerahmt und mit Hufeisenbogen verziert und das Tor del Puente —von Hernán Ruiz 1551 errichtet— mit breiten geriffelten Säulen; am gleichen Ort erbaut, wo früher ein altes Patriziertor stand.

Die Mauern von Córdoba spiegeln sich in den sanften Wassern des Guadalquivirs in historischer Vereinigung mit der alten römischen Brücke wieder —die einen Teil der via Augusta bildete— und den alten Mühlen; unter ihnen die der Albolaria, ein ehemaliges Schöpfwerk, das zum Hochbringen des Wassers zu den Gärten und Räumen des Alcázars diente und deren Wiedergabe seit dem 13. Jahrhundert im Stadtsiegel erscheint.

◀ 2. *Das Almodóvar-Tor, in der mittelalterlichen Ummauerung.*   3. *Das Sevilla-Tor.*

2. DIE CALAHORRA UND DIE RÖMISCHE BRÜCKE

Die Farbe Córdobas kann man in erster Linie von den Höhen der mit Zinnen versehenen Festung "La Calahorra" beurteilen; ein mittelalterliches Gebäude mit einem Grundriss in Kreuzform, von dessen drei Armen drei Türme ausgehen, die durch Körper in gleicher Höhe und in den Vierecken der Türme verbunden werden. Seine Mauern tragen in Stein das Königswappen von Kastilien.

"La Calahorra", ein Bollwerk zur Verteidigung Córdobas in vergangenen Zeiten, ist ein auf dem linken Ufer des Flusses Guadalquivir erbautes Schloss, dessen Bau —unter Benutzung einer musulmanischen Befestigung— auf Anordnung des Königs Enrique II. 1369 vorgenommen wurde.

Von seiner Terrasse geniessen wir nach allen Seiten ein reizendes Panorama; aber wenn wir nach der Stadt hinsehen, vermittelt das Sonnenlicht —das von hinter uns herkommt— den hundertjährigen Gebäuden jene rote Tönung, die zwischen den verschiedenen Stufen des Rots und des Fleisches schwankt, die in der Nähe gesprenkelte Schattierungen aufweist —gelb, das Leder imitierend— und die in den Schattenkontrasten durch die Überlagerung von Rot und Blau violette Tönungen erzeugt.

4. *Die Römische Brücke, eine lebenswichtige Arterie für die Entwicklung der Stadt.*

Unterhalb der "La Calahorra" und nach der vorzugsweise auf dem rechten Flussufer errichteten Stadt hin —wo sich die Mezquita und die historisch-künstlerische Zone befinden— erstreckt sich die römische Brücke, die zu Zeiten des Kaisers Augustus errichtet wurde, aber im Laufe ihres Daseins von zwanzig Jahrhunderten so oft Schauplatz von Schlachten und Revolutionen gewe-

5. "La Calahorra", eine Festung, die durch Enrique II. erstellt wurde.

sen ist, dass in Wirklichkeit von ihrer ursprünglichen Konstruktion nur noch die alten Quadersteine und einige Bogen übrig geblieben sind, die hauptsächlich aus militärischen Gründen abwechselnd zerstört und wiederhergestellt wurden.

Die Brücke wurde mit sechzehn Bogen errichtet und ruhte auf Pfeilern, die durch halbzylindrische Wellenbrecher geschützt und halbkonisch abgeschlossen waren. Sie unterlag vielfachen Reformen; während einer von diesen, im ersten Drittel unseres Jahrhunderts, wurde ein leicht zu identifizierender Teil der musulmanischen Grundmasse, bestehend aus Seilen und Bausteinen, abgedeckt und mit Zement verkleidet, wodurch sie einen Teil ihrer ursprünglichen Schönheit eingebüsst hat.

Die letzte Veränderung wurde 1965 durch Anfügen eines Bogens am Ende vorgenommen, das auf dem linken Ufer des Guadalquivir ruht, was die Wucht des Wassers längs der Grundmauern der Festung "La Calahorra" mindern soll.

In der Mitte der Brücke erhebt sich auf einer steinernen Balustrade ein Bildnis des Erzengels San Rafael.

3. LA MEZQUITA (MOSCHEE) EIN UNIVERSALES DENKMAL

Wir sind über die römische Brücke nach Córdoba gekommen. Uns gegenüber erhebt sich die Südflanke der Mezquita. Das Licht entlockt den alten, tausendjährigen Steinen Purpurblitze, wahrscheinlich infolge der Reflexe der Lichtdurchlässigkeit an den Nachmittagen, die sich in orangenarbigen Tönungen auflösen. Das sonderbare Monument zeigt sich uns in beige und gelb, damit eine Invokation illustrer Reisenden aus dem 19. Jahrhundert die romantische Erscheinung des ehrwürdigen universalen Tempels in Bisterfarbe in ihre Zeichenblöcke übertragen.

Die Mezquita von Córdoba ist die hervorragendste Schöpfung des moslemischen Spaniens. Die aussergewöhnliche Bedeutung dieses hervorragenden Gebäudes sowie die späteren Veränderungen und die wachsende Bedeutung im Verlaufe der Zeit sind gerechtfertigt durch die Tatsache, dass sie in die Stadt eingebettet ist, die mit vollem Recht den Titel der ersten Hauptstadt der westlichen Welt erhielt und durch das Interesse, das sowohl die Herrscher, die den Bau anordneten als auch die daran beteiligten Künstler und Handwerker an dem berühmten Tempel bekundeten.

Córdobas Mezquita besitzt einen Vorhof mit seinen Brunnen —die zu jener Zeit für rituelle Waschungen benutzt wurden—, seinen weiten, zum Beten bestimmten Schiffen und seiner "qibla" oder Mauer gegenüber dem Eingang, in deren Mitte sich der "Mihrab" öffnet, eine kleine Kapelle oder Nische, die wie in allen Mo-

6. *Das Minarett von Abd al-Rahmán III. (Aus einem Choralbuch des XVI. Jahrhunderts, das im Archiv der Kathedrale aufbewahrt ist.)*

scheen dazu diente, die Richtung anzugeben, nach der sich der Moslem zur Verrichtung seiner Gebete wenden musste.

Die cordobesische Mezquita war eine "mezquita-aljama", da sie einen "minbar" oder Kanzel besass, von der herab der Prediger —"jatib"— seine von den Arabern "jutba" genannte Predigt hielt, in der der Name des Kalifen unbedingt erwähnt werden musste.

Der Bau der Mezquita von Córdoba wurde gegen Ende des 8. Jahrhunderts —im Jahre 785— unter Abd al-Rahman I. in Angriff genommen, und zwar über dem Grundriss der westgotischen Kathedrale von San Vicente, wobei die Richtung der Achse dieses Baues geändert wurde. Diese erste Mezquita hatte elf, von Norden nach Süden ausgerichtete, Schiffe, von denen das mittlere etwas breiter war als die übrigen.

Im Jahre 833 erweiterte Abd al-Rahman II. die Mezquita nach Süden und konstruierte einen neuen "Mihrab". Der schönste Teil wurde vom Kalifen al-Hakam II. 961 hinzugefügt, und der Feldher Almanzor vervollständigte sie schliesslich und gab ihr die heutigen Ausmasse.

1236 wurde die Mezquita durch König San Fernando zur christlichen Kathedrale geweiht. Von jenem Zeitpunkt an wurden laufend Kapellen, dekorative Gegenstände sowie andere Attribute und Symbole des katholischen Kultes hinzugefügt.

Der Mittelteil der Mezquita wurde im 16. Jahrhundert verändert und an seiner Stelle der Chor, die Hauptkapelle und der Kreuzgang der Kathedrale errichtet. An die Mauern angelehnt oder in sie versenkt, existieren indessen noch die alten abmontierten Säulen. Es fehlt keine einzige, sodass —falls dies möglich wäre— eine ideale und genaue Rekonstruktion des veränderten Teils vorgenommen werden könnte.

7. *Luftansicht der Moschee-Kathedrale.*

8. Moschee: Ansicht der Westfassade sowie des Beginns der Südfassade.

9. Moschee: Das San Esteban-Portal.

4. DAS ÄUSSERE DER MEZQUITA UND DER ORANGENHOF

Der Grundriss der Mezquita ist ein riesiges Rechteck in den Abmessungen von 180 Metern von Norden nach Süden und von 130 Metern von Osten nach Westen: 23.400 Quadratmeter. Darin ist auch der "Orangenhof" eingeschlossen.

Das Haupttor des Tempels befindet sich auf der Nordseite —Puerta del Perdón— und wurde 1377 im Mudéjar-Stil errichtet. Auf dieser Seite existiert noch ein anderes Tor in griechisch-romanischer Architektur, "Caño gordo" genannt und daneben ein vergitterter Altar, wo die "Virgen de los Faroles" verehrt wird, eine ausgezeichnete Kopie des Gemäldes von Julio Romero de Torres. Auf dieser Seite kann man auch den Turm bewundern: ein Werk von Hernán Ruiz, erbaut auf den Resten des arabischen Alminar, der von Abd al-Rahman III. errichtet worden war.

Auf der Westseite haben wir folgende Tore: "Postigo de la leche" im Spitzbogenstil und so genannt, weil vor ihm die kleinen Kinder ausgesetzt wurden, die das Cabildo in Obhut nahm; "Puerta de Deanes" aus der Zeit von Abd al-Rahman II.; "Puerta de San Esteban", sehr schön, mit einer Fensterschwelle, Hufeisenbogen, mit speichenförmiger Aufteilung in Bausteine, die sich mit Gruppen von gut angepassten roten Ziegelsteinen abwechseln; das von "San Miguel", im 16. Jahrhundert im Spitzbogenstil reformiert. Schliesslich befinden sich kurz vor dem Ende der Mauer noch drei Tore, von denen besonders das mittlere hervorzuheben ist, genannt "Postigo del Palacio oder de la Paloma" mit gotischer Dekoration vom Ende des 15. Jahrhunderts. Zum Schluss kann man noch ein kleines Tor betrachten, das über kleine Bögen hinweg eine Durchgangsverbindung zwischen der Mezquita und dem Schloss der Kalifen darstellt.

Die Fassade der Südseite zeigt uns mit kleinen Türmen versehene Strebemauern, darunter einige Halbbogen mit Balkonen aus dem letzten Jahrzehnt des 15. Jahrhunderts.

Die westliche Mauer entspricht ganz der von Almanzor veranlassten Erweiterung, indem er bei den Torgängen den Typ der Tore und Bogen in Hufeisenform der Konstruktionen von al-Hakam II. nachahmte. Auf dieser Westseite sind zwei Tore hervorzuheben: das Tor "Santa Catalina" von ausgesprochenem Renaissance-Charakter, und ein zweites, ohne Namen mit einer komplizierten Dekoration im Stil Churrigueras.

Dann treten wir in den Orangenhof, "Patio de los Naranjos", durch die "Puerta del Perdón" ein. Hier beginnt die Farbe Córdobas mit meergrün —blassgrün—, um in

◀ **10.** *Moschee: Al-Hakam II.-Portal.*

Bernsteinfarbe abzuschliessen, mit Veränderungen von einem leichten Gelb bis zum leichten Karminrot. Die Theorie der Grüntöne geht von Goldgelb bis ins Dunkel der aufrechten Zypressen. Orangen und Palmen vervollständigen die Dekoration und passen sich den sie umgebenden Bögen und Steinsockeln an.

Nach Abschluss der Erweiterungen durch Almanzor —der Höhepunkt der Mezquita— verblieben endgültig neunzehn Hufeisenbogen als direkte Verbindung zwischen Betsaal und Hof. Fast alle sind heutzutage vermauert; aber die der "Puerta de los Deanes" am nächsten liegenden sind vor kurzem durch die Anbringung von vier wundervollen Gittern aus Zedernholz ausgezeichnet worden, die durch ihre parfümierte Durchsichtigkeit dem Tempel seine mysteriöse Beleuchtung wieder vermitteln.

5. DIE MEZQUITAS DER ABDERRAMANE

Das Tor "Puerta de las Palmas" auch "Arco de Bendiciones" genannt, weil dort die Standarten und Fahnen der christlichen Heere gesegnet wurden, die sich der Eroberung von Granada zuwandten, gewährt uns den Zugang zur Mezquita und bringt uns in die erste Konstruktion, die im Jahre 785 vom Emir Abd al-Rahman I. veranlasst worden war. Diese ursprüngliche Mezquita besass elf Schiffe in Nord-Südrichtung und zwölf Bogenbauten in Richtung Osten-Westen. Das Mittelschiff war breiter als die übrigen. Die Schiffe dieser Mezquita werden, gestützt auf einem Unterbau von

11. *Der monumentale Turm der Moschee-Kathedrale.*

12. Moschee: ein Teil der Konstruktion von Abd al-Rahman I.

Säulen getragen, die zufolge ihrer Tiefenausdehnung unter dem Pflaster vergraben sind. Diese Säulen sind nach der Farbe des Marmors ihrer Schäfte angeordnet; aber die hervorragendsten sind jene des Mittelschiffs.

Die Kapitelle sind ionisch, korinthisch oder kombiniert.

Die Stützung der Säulen untereinander erfolgt in der Mezquita durch Luftbogen —die gar nichts stützen— zwischen den Säulen. Diese Bogen haben Hufeisenform und weisen Schlusssteine auf, von denen hintereinander Gruppen von drei roten Ziegelsteinen und Wölbsteinen ausgehen. Auf diese Weise erzielt man eine sehr originelle Zusammenstellung, die dazu noch besonders dadurch hervorgehoben wird, dass die Abschlussbogen der Säulen Halbbogen sind, obwohl sie die gleichen Konstruktionselemente aufweisen, wie die der Hufeisenbögen.

Hier stuft sich die cordobesische Farbe sanft ab, wie die Zichorie der Aquarellmaler: *bituminöse* und Sepiatönungen kreuzen sich in den Bögen mit dem Hochgelb der Wölbsteine und mit dem Weiss oder Karmesinrot des Ziegelsteinerziats.

Die Dächer —heute sehr getreu restauriert— waren gerade und in gut geschnitzten und mehrfarbigen Holzvertäfelungen ausgeführt. Der Bodenbelag war vermutlich aus roten Ziegelsteinen, die mit Matten abgedeckt wurden, was aber nicht ausschliesst, dass an einigen Stellen Marmorbelag benutzt wurde.

Nach Durchlaufen der ersten zwölf Bauwerksteile kommen wir zur Konstruktion, die der ersten Erweiterung der Mezquita entspricht und zu der sich der Emir Abd al-Rahman II. anfangs 833, infolge des grossen Zustroms der Gläubigen, veranlasst

13. *Sektor der Moschee, der der Erweiterung durch Abd al-Rahman II. entspricht.*

sah. Die Erweiterung bestand in der Hauptsache in einer Verlängerung der elf Schiffe nach Süden zu einer Ausdehnung von acht Teilstücken; zur Durchführung dieser Erweiterung wurde es erforderlich, die Mauer der "qibla" zu durchbrechen und den "Mihrab" zu zerstören, der zu der ursprünglichen Mezquita gehörte.

Die Neuheit dieser zweiten Konstruktion besteht in der Ausschaltung der Basen und der Anbringung prächtiger Kapitelle. Obwohl diese letzteren zum grossen Teil von den abgebrochenen Gebäuden stammen, lässt sich bereits bei vielen feststellen,

◀ **14.** *Das Frontstück der Kapelle von Villaviciosa besitzt das schönste, ineinander verschlungene Bogenwerk der Moschee.*

15. *Hauptschiff der Erweiterung von al-Hakam II.*

dass sie extra von cordobesischen Handwerkern angefertigt worden sind. Die Sparrenköpfe nehmen stetig ab und bleiben zuletzt nur noch als kleine Vorsprünge übrig. Die Säulenschäfte sind hervorragend. Von ihnen gibt es zwei, die sich im Hintergrund befinden, wo vorher der "Mihrab" dieser Erweiterung war und die einer besonderen Aufmerksamkeit würdig sind, weil sie ganz besonders originell und schön sind. Die Erweiterung von Abd al-Rahman II. wurde im 16. Jahrhundert am meisten durch die Hinzufügung des Kreuzganges, der Hauptkapelle und des Chors der Kathedrale benachteiligt.

6. DIE MEZQUITA DES AL-HAKAM II. DER MIHR-AB

Kalif al-Hakam II. nahm im Jahre 961 die Erweiterung der Mezquita in Angriff. Die ursprünglichen elf Schiffe wurden nach Süden verlängert, mit elf Bogenteilstücken durchkreuzt und endgültig durch die "qibla" und den neuen "Mihrab" abgeschlossen. Die Veranlassung zu dem Werk gab die ständige Zunahme der Bevölkerung der Stadt Córdoba.

Die Säulen der Schiffe dieser Konstruktion wechseln sich ab, je nach der Tönung ihrer Schäfte. Sie haben keine Grundverzierungen und ihre Kapitelle heben sich wie folgt gegeneinander ab: die kombinierten auf Säulenschäfte aus rosa Marmor und die in korynthischer Form auf Säulenschäfte aus blauem Marmor. Die Decken weisen wertvolle Verkleidung durch geschnitzte und mehrfarbige Holztäfelung auf. Die von al-Hakam II. vorgenommene Erweiterung ist die schönste von allen.

Am Eingang dieses architektonischen Zuwachses befinden sich drei bemerkenswerte Pavillons. Der mittlere, der jetzt als "capilla de Villaviciosa" bezeichnet wird, ist der wichtigste, denn in ihm manifestiert sich der volle Glanz der Kunst der Kalifen. Schon am Eingang offenbart er seine Schönheit durch die Fächerbo-

16. *Der Mihrab-Bogen mit seiner herrlichen Mosaik-Dekoration.*

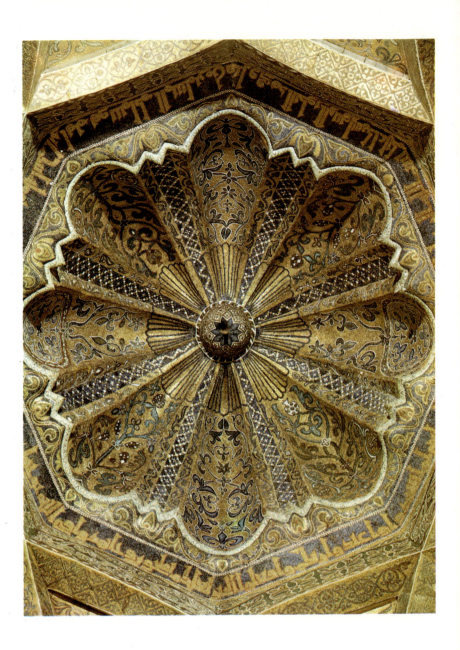

17. *Die herrliche Kuppel, die den vorderen Teil des Mihrab deckt.*

gen, die Zugang und Begrenzung dieses sonderbaren Raumes bilden. Die herrliche Kuppel dieses Pavillons aus Steinverrippungen ergibt kleine Gewölbe, die in der Mitte ein ausserordentliches Ganzes bilden und durch die Neuerung dieser sehr originellen Gestaltung einen grossen Beitrag der cordobesischen Kunst des 1o. Jahrhunderts zur universalen archtitektonischen Kunst darstellen. Die Farbe Córdobas konzentriert sich in der Lichtkuppel dieser Kapelle in Tönungen, die vom lebhaften Rot des Mohns bis zur sanften Dämmerung des Orangenfarbigen reichen. Sie erstreckt sich —Magie und Träumerei— zum östlichen Pavillon, der als kostbares Mudejarmuster im 14. Jahrhundert durch König Enrique II. reformiert wurde, um aus ihm eine "capilla real" zu machen. Und sie erstreckt sich gen Westen, dessen Raumdekor zerstört wurde, als im 15. Jahrhundert die Anpassungsarbeiten der ursprünglichen christlichen "Capilla Mayor" ausgeführt wurden.

Im Hintergrund ist der "Mihrab": gelegen im Mittelpavillon der drei

vorgelegten und gestützt durch die "qibla". Die Kuppel dieses Raumes —eine Vorhalle zur heiligen Nische— besitzt eine ausserordentliche achteckige Struktur mit doppelten Säulen in den Ecken, die Stützen für die acht Bogen darstellen, welche, sich kreuzend, das Gewölbe bilden und ganz hervorragend mit Mosaiksteinen seltenster Schönheit dekoriert sind.

Die Fassade des "Mihrab" hat einen Sockel aus zart bearbeiteten Marmorplatten. Fast die ganze Vorderseite ist durch den Hufeisenbogen des Eingangs ausgefüllt, der sich auf vier prächtige Säulen stützt —vom primitiven "mihrab" des Abd al-Rahman II. abmontiert— und deren Wölbsteine sich durch grünliches Bronze, bläuliche und rötliche Schattierungen des byzantinischen Mosaiks abheben, mit der Schärfe und Lebhaftigkeit elektrischer Farben.

Die Bogenzwickel bieten sich uns schön dekoriert dar. Die Fensterrahmen sind doppelt; darüber verzweigen sich sieben Blattbogen auf sehr schlanken Säulen, verschönert durch im Innern eingelegte Verzierungen in Mosaik auf goldenem Grund.

Das Innere des "Mihrab" besteht aus einem achteckigen Grundriss. Es ist von geringem Ausmass und bewahrt den ursprünglichen Bodenbelag. Die Kuppel besteht aus einer in einem Stück gearbeiteten steinernen Muschel.

7. VON ALMANZOR VORGENOMMENE ERWEITERUNG

Die grösste Erweiterung der Mezquita um fast den dritten Teil des heutigen Gebäudes wurde im Jahre 987 unter der Regierung des Kalifen Hisham II. auf Anordnung des Ministerpräsidenten Almanzor vorgenommen.

Die von al-Hakam II. veranlasste Erweiterung hatte die südliche Abschlussmauer so sehr dem Guadalquivir-Fluss genähert, dass es nicht mehr möglich war, das Gebäude in dieser Richtung zu verlängern. Infolgedessen musste der vom moslemischen Feldherrn angeordnete Bau nach Osten hin vorgenommen werden, wobei durch eine der Längsseiten des neuen Rechtecks der ganze östliche Teil der alten Mezquita geschlossen wurde. Als natürliche Folge dieser Erweiterung wurde auch das "Patio de los Naranjos" proportionell vergrössert.

Die Mezquita des Almanzor ist von einer eintönigen Gleichförmigkeit, die die früheren Erweiterungen nicht aufwiesen; es ist auch eine grössere Regelmässigkeit bei den verwendeten Materialien zu verzeichnen. Sie kommt nicht an die Bedeutung der vorhergegangenen Konstruktionen heran, weil sie bereits der Dekadenz des Kalifats entspricht.

Sie umfasst acht sehr lange Schiffe in Nord-Südrichtung. Schon bei oberflächlicher Betrachtung kann man feststellen, dass die Säulen nicht die feine Eleganz der vorhergehenden Bauten aufweisen. Aber dies vermindert ihr Mysterium und ihren Reiz nicht; ansprechende Zenitale bedecken die Gewölbe mit einem Licht aus Kadmiumgelb in zartem Gegensatz zum Vermillion, zum Zinnoberrot und zum Karminrot der Säulen, Säulenschäfte und Kapitele. Diese letzteren, obzwar sie die von al-Hakam II. nachahmen, sind etwas schmäler. Das Mauerwerk ist dünner und die Dekoration der Aussenteile —die ganze östliche Fassade der heutigen Mezquita— ist nur furniert und nicht, wie es bei früheren Erweiterungen der Fall war, aus den Bausteinen herausgearbeitet.

◀ 18. *Lappenförmiger Verbindungsbogen zwischen der Erweiterung von Almanzor und der ursprünglichen Moschee.*

19. *Säulenlabyrinth, das der Erweiterung von Almanzor angehört.*

20. Der Rückaltar der Kathedrale mit Reliefarbeiten aus dem XVI. Jahrhundert.

21. Das majestätische Schiff der Kathedrale, das innerhalb der Moschee gebaut wurde.

Um das alte Gebäude mit der Neukonstruktion zu verbinden, wurde es erforderlich, eine dicke Wand zu durchbrechen und reichlich bemessene Arkaden in ihr anzubringen. Am südlichsten Ende der genannten alten Mauer sieht man noch Reste der alten Torbogen des Gebäudes, die zwecks Vornahme der Erweiterung abmontiert wurden. Einige davon kann man so betrachten wie sie waren, denn sie sind vollständig erhalten geblieben.

Blaues und violettes Marmor wechselt an den Säulenschäften ab, welche, wie ihre Vorgänger aus früheren Erweiterungen, keine Grundsockel besitzen; aber anstatt sich auf vereinzelte Pfeiler zu stützen, ruhen sie auf unterirdischen Nauern. Die Kapitelle dieser Säulen weisen korynthischen und kombinierten Stiel auf.

Die Konstruktion von Almanzor war die letzte der an der Moschee-Aljama von Córdoba vorgenommenen Erweiterungen.

Durch sie verlor dieser herrliche Tempel seine einstmalige Symetrie, da das "mihrab" sich nicht mehr im Mittelschiff befand. Aber selbst wenn sie durch diese Erweiterungen mehr an Ausdehnung als an Schönheit zunahm, erhielt sie jene endgültige Form, unter der wir sie heute kennen als ein geniales Zeugnis einer Kultur und Zivilisation, die —wenn auch auf islamische Ansätze gestützt— doch nicht spanischer sein kann.

8. DIE KATHEDRALE IN DER MEZQUITA

Die Stadt Cordoba wurde 1236 von Fernando III. el Santo erobert und dem Königreich von Kastilien und Leon angeschlossen. Im selben Jahr wurde die berühmte Mezquita vom Bischof von Osma zu christlichen Kathedrale geweiht und der Verehrung Marias Himmelfahrt gewidmet. Am XV. Jahrhundert gestatteten die Katholischen Könige die Errichtung einer "Capilla Mayor", neben der von Villaviciosa in einem über drei Schiffe verteilte, Raum; noch heute ist das interessante gotische Holzgewölbe mit nordfranzösischen Einflüssen zu sehen.

Trotz der ablehnenden Einstellung der Stadtwerwaltung und Cordobas Einwohner, brachte es der kirchliche Druck fertig, von Carlos I. die grosse Reform zu erreichen, die den katholischen Tempel mitten in den fabelhafte Kalifenbau einbetten sollte, wobei die Bauten von Abd al-Rahman II. und teilweise auch die von Almanzor arg verstümmelt wurden. Die Durchführung der Reform dauerte 243 Jahre —von 1523 bis 1766—. Als Ergebmis kam eine Mischung verschiedener Stile zu Tage, denn obwohl die Arbeiten vom Architekten Hernán Ruiz mit wesentlich gotischer Linienführung begonnen später Herreras Techniken übernommen wurden und das Werk wurde dann zur höchsten Blütezeit des Barockstils beendet.

Die Höhe des Schiffes gestattet die Erzielung von Lichteffekten, die sich von denen des grossen Gebäudes unterscheiden. Dies schliesst nicht das Gefühl von Reife und Erhabenheit aus, denn Cordobas Farbe reicht vom ursprünglichen matten Weiss der Wände —die grossen Maler erzielten diesen Farbton durch pulverisierte Eierschalen, die in ungelöschtem Kalk gekocht wurden— bis zum Gold der Gewölbe, zum Bleigrau der Bogen und zum ebenso tiefen wie durchsichtigen und sanften Dunkel, das für die Anbringung von Kerzen sehr geeignet ist.

Die "Capilla Mayor" hat die Grundform eines lateinischen Kreuzes. Ihre Bogen sind gotisch und die niedrigen Mauern bilden ihre Dekoration. Die hohen Mauern und deren Gewölbe und Fenster sind geschnörkelt; dagegen ähneln die Gewölbe des Schiffes und des Kreuzganges stark den Dächern und Gewölben des Escorial. Der Hochaltar wurde 1618 von Alonso Matías mit Jaspis und rotem Marmor aus Carcabuey errichtet; er besitzt fünf Gemälde des Cordobesers Antonio Palomino, die in der Mitte die Virgen de la Asunción darstellen und daneben die Heiligen Acisclo, Victoria, Pelagio und Flora, Märtyrer aus Córdoba. Es existieren auch einige Skulpturen aus vergoldetem Holz, die den Ewigen Vater, die Tugenden und die Hl. Peter und Paul darstellen und vom Bildhauer Pedro de Paz geschnitzt wurden. Das Barock-Tabernakel wurde 1653 unter der Leitung des Meisters Sebastián Vidal angefertigt und ist mit kleinen Skulpturen von Pedro Freire de Guevara geschmückt. An den Seitenwänden des Altars befinden sich zwei barocke Mahagonikanzeln, die man Verdiguier zuschreibt. Sie weisen hübsche Figuren an den Schalltrichtern und prächtige Medaillons am Kasten auf, mit Reproduktionen aus dem Alten Testament. Die Kanzel der Epistola ruht auf einem Engel aus weissem Stein, der sich über einem Löwen aus rotem Jaspis hervorhebt und auf einer Wolke von weissem Marmor ruht. Die Kanzel des Evangeliums erhebt sich über einem Adler aus schwarzem Marmor und einem grossen Stier aus rosa Jaspis.

Der Kreuzgang lässt uns seine ausserordentliche Silberampel erblicken, als hervorragendes Muster der cordobesischen Silberschmiedekunst, Welche von Martín Sánchez de la Cruz geschaffen wurde.

Das Chorgestühl ist ein hervorragendes Beispiel barocker Kunst, in Mahagoni geschnitzt und von Duque Cornejo im 18. Jahrhundert angefertigt: es ist ganz mit Statuen, Medaillons und Reliefen verziert, wobei ganz besonders der Thron hervorzuheben ist.

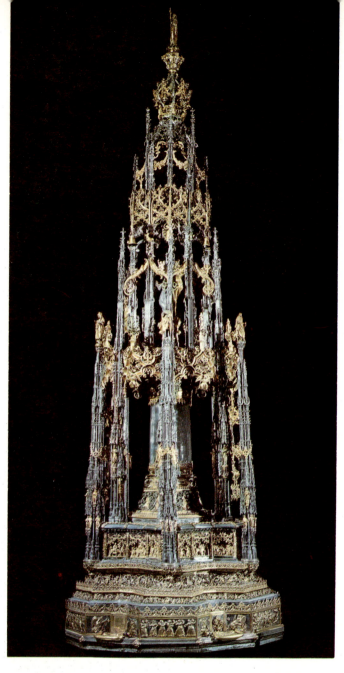

22. Die äusserst reichhaltige Monstranz von Arfe, im Schatz der Kathedrale.

23. Das Chorgestühl der Kathedrale.

9. DIE KAPELLEN DER KATHEDRALE. DIE SCHATZKAMMER

Die Malerei und Bildhauerei, die Wandplatten und das Gitterwerk der an die Mauern über fünfzig als Abschluss der Mezquita-Kathedrale angebauten Kapellen stellen einen ausserordentlichen Wert für die Schönen Künste dar, denn sie spiegeln Cordobas Entwicklung im Ver-

24. *Die San Pablo-Kapelle in der Kathedrale.*

25. *Das Wappen des Kaisers im Presbyterium der Kathedrale.*

lauf der Zeiten wieder und zeigen uns Muster aus allen Augenblicken seiner Kunstgeschichte.

Diese Kapellen im einzelnen aufzuzählen, würde viele schöne Seiten erfordern. Aber wenn wir uns aus besonderen Gründen darauf beschränken, aus der grossen Anzahl einige davon auszuwählen, müssen wir folgende hervor heben: die "Concepción" mit Skulpturen von Pedro de Mena, die "San Bartolomé", wo der grosse cordobesische Dichter Luis de Góngora y Argote begraben liegt, die des "Cardinal Salazar" vom Beginn des 18. Jahrhunderts, die als Sakristei und Kapitularsaal diente und uns u. a. verschiedene interessante Malereien und Bildnisse sowie eine Skulptur der Santa Teresa, ein Werk des Granadiners José de Mora, zeigt, die der "Encarnación" mit einer grossartigen Tafel von Pedro de Córdoba und einem kostbaren Mudejar-Mosaik; die der "Santa Ana" mit einem schönen, von Pablo de Céspedes gemalten Altarschrein; die der "Las Animas", wo der Inca Garcilaso de la Vega begraben ist, und die der "Nuestra Señora del Rosario" mit ausgezeichneten Malereien des Antonio del Castillo.

Durch die Kapelle des "Cardenal Salazar" bekommen wir Zugang zu der Kammer, wo der Domschatz aufbewahrt wird. Córdobas Farbe dringt mit den horizontalen Lichtern der Fenster ein, die nach dem Süden der Stadt liegen und sich mischend mit dem intensiven Schwarz des Gewölbes, dem Graugelb, das mehr oder weniger nach Rot hinzielt und das 'getrocknete Blatt' genannt wird, dem Blau der Magma oder Bergblau, dem Email —ebenfalls blau— das mittels Glasschmelzen mit Kobaltoxyd gewonnen wird, alle diese Farbtönungen heben in erster Linie den sonderbarsten Schatz der Kathedrale in Córdoba hervor: Arfes Monstranz.

Diese ausserordentliche Monstranz wurde zum ersten Male beim Fronleichnams Umzug im Jahre 1518 gezeigt. Dieses wunderschöne Kleinod ist 2,63 Meter hoch und über 200 Kilo schwer. Sie stellt eine gotische Kathedrale mit zwölfeckigem Grundriss dar und setzt sich aus zwei Körpern zusammen, die zur Unterbringung des Hostienkästchens bzw. eines Bildnisses der Heiligen Jungfrau bei der Himmelfahrt, dienen.

Bei einer im Jahre 1735 vorgenommenen Restauration wurden den gotischen Türme, dem Gewölbe, den Streben und Nadeln der Monstranz ein Gestell sowie andere dekorative Elemente mit Barockcharakter hinzugefügt. Schliesslich erhielt 1966 das Hostienkästchen einen Heiligenschein aus Brillanten.

Die Schatzkammer bewahrt auch grossartige Sammlungen von Devotionalien und Reliquien, Kelche und Hostienkelche aus Gold und Silber, wobei unter den letzteren ein ausserordentlich wichtiger hervorzuheben ist, den man Benvenuto Cellini zuschreibt.

Des weiteren gibt es verschiedene sehr wertvolle Kruzifixe aus Elfenbein, unter denen wir Alonso Canos Kruzifix besonders erwähnen möchten, denn er stellt eine ganz hervorragende anatomische Studie dar. Alonso Canos Kruzifix wurde im 17. Jahrhundert geschnitzt.

Besonders zu erwähnen sind auch vier grosse Kreuze: zwei aus Silber mit Goldüberzug, eines aus Bergkristall in Silber eingefasst, ein ausserordentliches Exemplar aus dem 16. Jahrhundert, und schliesslich eines aus vergoldetem Silber mit Email, Gold und Edelsteinen, das 80 Kilo schwer ist und vom Bischof Fray Diego de Mardones der Kathedrale 1620 vermacht wurde.

10. DIE SYNAGOGE

Die Synagoge, Cordobas hebräischer Tempel, befindet sich etwa in der Mitte der "Judenstrasse". Von Aussen aus kann man den Bau kaum wahrnehmen, weil das Heiligtum keinen direkten Zugang von der Strasse her hat: man muss hineingehen und vorher einen Hof durchqueren.

Das fast senkrechte Licht verleiht den alten Steinen Saffranfarbe, Ofenglut, Zinkweiss und Indigoblau und erzeugt eine zum Beten geschaffene Umgebung. Schon über dem Tor fin-

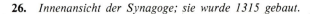
26. Innenansicht der Synagoge; sie wurde 1315 gebaut.

det sich eine Überschrift, deren Übersetzung folgendes besagt: "Glücklich der Mensch, der mich hört, um Tag für Tag über meinem Tor weiter zu lernen, um die Schwelle meines Tores zu hüten. Öffnet die Tore und lasset das Volk der Gerechten eintreten, die die Treue bewahren".

Die Anlage der Synagoge ist rechteckig. Wie das übrige Gebäude ist die an den Eingangshof grenzende Mauer mit Gipsarbeiten im Mudejarstil verziert; über ihr öffnet sich eine höher gelegene Galerie mit drei kleinen, für die Frauen bestimmten Balkons. Diese Balkons besitzen schöne Fächerbogen und tragen in ihrer Umrandung Inschriften aus den Psalmen.

In der rechten Mauer befand sich das Tabernakel, in dem die Pergamine des Pentateuch aufbewahrt wurden und vor dem immer eine Lampe brannte. Die östliche Mauer ist gleichfalls mit Gipsarbeiten dekoriert und besitzt eine mittlere Tafel, die mit graziösen Bogen versehen ist, in deren Zwischenräumen sich in kufischen Buchstaben das Wort "Segen" wiederholt.

Längs der Umrahmung des Tabernakels befindet sich eine grosse hebräische Psalmeninschrift und in einem Rechteck auf halber Höhe ist eine weitere, die auf den Bau der Synagoge Bezug nimmt:

"Ein kleines Heiligtum und Behausung der Gesetzesbestätigung, das Isaac Mejeb, der Sohn des mächtigen Efraim vollendete. Es wurde im 75. Jahr erbaut. O Gott!, erhebe dich und beschleunige den Wiederaufbau von Jerusalem!"

Es bezieht sich auf das Jahr 5075, was bei der christlichen Zeitrechnung 1315 entspricht.

Die nördliche Mauer, dem Eingang gegenüber, ist ebenfalls mit Einlegearbeiten aus Gips versehen. Die Westmauer zeigt einen Spitzbogen mit niedlichen Vorsprüngen, der sich

27. *Statue von Maimónides im Judenviertel, ein Werk des Bildhauers Pablo Yusti.*

auf einen verzierten Sockel stützt und folgende kufische Inschrift trägt: "Alle Herrschaft und alle Macht Jehovas".

Die Synagoge von Córdoba war nicht die einzige in der Stadt, aber dagegen die einzige, die nach mancherlei Ereignissen sich bis in unsere Tage gerettet hat.

Nach der Judenvertreibung im Jahre 1492 wurde die cordobesische Synagoge zum Krankenhaus für Wassersüchtige bestimmt. 1588 erhielt sie den Namen San Crispin, des Schutzheiligen der Schuster, denn in ihr hielt diese Handwerkerinnung ihre Versammlungen ab.

11. DER ALCAZAR DER CHRISTLICHEN KÖNIGE. SEINE GESCHICHTE

Es gibt eine Stelle, wo die Farbe Córdobas eine ganz besondere Intensität aufweist: Steine, Himmel, Bäume und Wasser; graue Ocker von natürlichen Erden, Glasuren mit Smaragdeffekten, starkes Kobaltblau und schliesslich abgestufte Firnisse, die auf die Silberfarben angewandt, diese in goldene verwandeln. All dies zur Verherrlichung des "Schlosses der christlichen Könige".

Der Bau dieses Schlosses wurde 1328 auf Anweisung Alfons XI. begonnen und wurde als königliche Residenz bestimmt. Unter der Dynastie der Trastamaras wurde es durch grosse Werke erweitert, und später veranlasste das Katholische Königspaar grosse Reformen, um es zu bewohnen, während es die letzten Kriegsoperationen anführte, die mit der Einnahme von Granada endeten. Die Geschichte des Schlosses ist eng mit der Stadt verbunden. Vor der heutigen Konstruktion und als es noch eine römische Patrizierkolonie war, war dort das "Forum Censorium" oder der Zoll untergebracht sowie auch die Residenzen des Gouverneurs und des Quästors. Aus diesem Grunde diente sie im Jahre 65 v. Chr. Julius Cäsar in seiner Eigenschaft als Quästor von Córdoba als Wohnung.

Der Schloss spielte während der "Batalla de los Piconeros" im Jahre 1368 eine entscheidende Rolle; 1371 war es lange Zeit Residenz von Enrique II. von Kastilien; 1385 bekundete Córdoba seine Anhänglichkeit an Juan I.; zehn Jahre später —1395— wurde der Herrscher Enrique III. mit grossen Zeichen volkstümlicher Ergebenheit im Schloss empfangen. Hier wohnte er längere Zeit und in jenen Tagen lässt Lope de Vega in diesem Palast sein dramatisches

28. *Luftansicht des gesamten Gebietes der Festung (Alcázar) der Christlichen Könige.*

29. Gewölbe des Salons des Turms der Löwen (Torre de los Leones).

Werk "Porfiar hasta morir" spielen. Am 20. Mai 1455 verliess König Enrique IV. diesen Alcazar, um in der Kathedrale seine Hochzeit mit Juana de Portugal zu feiern. Im Laufe des Bürgerkriegs, der jene Herrscherperiode heimsuchte, riefen der Herzog von Medina Sidonia und der Graf von Arcos vom Hanptturm herab die Prinzessin Isabel zur Königin von Kastilien feierlich aus, wie bereits in anderen Städten geschehen war; sie sollte später Isabel la Católica genannt werden.

Im Schloss wurde die Infantin María als Tochter des Katholischen Königspaares geboren; sie sollte später Königin von Portugal und Mutter der Prinzessin Isabel werden, der hübschen und unglücklichen Gattin von Carlos des I. von Spanien und V. als Deutsch-Römischer Kaiser.

An diesem Ort wurde auch Granadas letzter König Boabdil nach der in Lucena verlorenen Schlacht gefangen gehalten. Ebenso wurde in diesem Schloss zur Unterhaltung des unglücklichen Prinzen Don Juan —der sehr wohl der erste König eines geeinten Spaniens hätte werden können— der erste Stierkampf in Cordoba abgehalten, von dem wir Kenntnis haben.

◀ 30. *Der maurische Innenhof der Festung.*

Im Schloss erliess Königin Isabella eine "de las holgazanas" genannte Verordnung, durch welche die cordobesischen Frauen von den ehelichen Zugewinnen ausgeschlossen wurden.

Während Cordoba als Hofstadt fungierte, ist der Aufenthalt des jungen Gonzalo Fernandez de Cordoba dokumentarisch belegt worden, der wegen seiner berühmten Heldentaten

31. *Der grosse Mosaik-Salon.*

32. *Statue von Alfons X. dem Weissen.*

"El Gran Capitán" genannt werden sollte.

Hier empfing auch 1486 das Katholische Ehepaar Cristóbal Colón (Christoph Kolumbus), der zum ersten Male sein Vorhaben vorlegte, das mit der Entdeckung Amerikas enden sollte.

Von 1482 bis 1821, hatte sich das Heilige Inquisitionsgericht niedergelassen. 1836 wurde das Gebäude vom karlistischen Heer unter Führung des Generals Gomez angegriffen und eingenommen, aber bald wieder verlassen. Danach wurde es bis 1951 zum Gefängnis und schliesslich unternahm die Stadtverwaltung die Restauration, womit es sein heutiges Aussehen erhielt.

12. DER ALCAZAR DER CHRISTLICHEN KÖNIGE. GEBÄUDE UND GARTEN

Der Schloss der Christlichen Könige umfasst etwa eine Fläche von 4.000 Quadratmetern (66 m vom Norden nach Süden und 62 m vom Osten nach Westen) und weist die Form einer quadratischen Festung mit einem Turm an jeder Ecke auf. Die Fassadenbreite seiner Mauern besteht aus unregelmässigen Mauersteinen, einer davon senkrecht zum Erdboden und zwei bindsteinig angelegt. Sie werden vervollständigt durch Laufstege mit kleinen Türmen, wobei die Niveauunterschiede durch Stufen ausgeglichen werden.

Von diesen Türmen wurde 1850 der südöstliche, "Paloma" genannt, abgebaut. Die übrigen, die noch bestehen, sind: der nordwestliche oder "Los Leones", der nordöstliche von achteckiger Form, "Homenaje" genannt und der südwestliche der "Inquisición". Dieser hat Zylinderform und besteht aus drei Stockwerken. Der Turm hat einen ersten Teil, der älteste, mit kreuzförmigen Schiessscharten versehen. Der zweite Teil im oberen Drittel ist aus Ziegelsteinen in Prismaform und bildet den Abschluss.

Die am besten erhaltene Mauer ist die nördliche: sie ist mit Zinnen versehen und dient als Verbindung zwischen den Türmen "Homenaje" und "Los Leones". Man kann sie etwa gegen die Mitte der Grundmauer durchschreiten, indem man durch eine schmale, mit einem leicht angedeuteten Bogen versehene Tür schreitet, die zu einer engen Steintreppe führt.

Der heutige Zugang zum Schloss befindet sich genau unterhalb des "Los Leones" Turms und weist im Innern ein Kreuzgewölbe und Bogen auf, die über Blattkapitellen liegen. Die Hauptetage dieses Turms ist ein

33. Die Nymphen des Guadalquivir, die von Góngora besungen wurden, zieren die Wasserteiche der Gartenanlagen.

34. *Der herrliche römische Sarkophag, aus dem III. Jahrhundert.*

hervorragendes Muster gotischen Stils mit in Dreiecken angelgten Säulengruppen, einem eleganten achtrippigen Gewölbe und den vier dreieckigen Abteilungen der vier Ecken des Raumes mit kleinen dreigerippten Gewölben. Der Zauber dieses Raumes erhöht sich dadurch, dass die kleinen Kapitelle am seitlichen Gewölbe mehr nach oben gehen als die der Spitzbogen und weil die Länge der Säulen, die die Kapitelle aufnehmen, die Schönheit und das Senkrechtstreben des Komplexes noch mehr hervorheben.

Nach Durchqueren des schönen Eingangstors —die Statue von Alfonso X. el Sabio, ein Werk des Bildhauers Juan Polo, bleibt an der Seite— gibt uns eine gotische Tür mittels fünf Stufen in gotischem Charakter Zugang zu der grossen Gewölbegalerie, die von graziösen, korbbogenförmig aus Ziegelsteinen gebildeten Bogen getragen wird. In dieser Galerie können wir einen wertvollen römischen Sarg aus dem 3. Jahrhundert bewundern.

Der Schloss besitzt eine hervorgende Sammlung von Mosaiken: alle stammen aus dem Untergrund der heutigen Plaza de la Corredera. Besonders hervorzuheben sind der "Océano", "Psique y Cupido" und "Polifemo y Galatea": dieses letztere ist eines der besten in der Welt.

Eines Besuches wert sind die alten durch Dampf geheizten Bäder, die sehr gut erhalten sind, sowie der herrliche Hof im Mudejarstil. Aber wo die Farbe Córdobas in miniumroten, ockerfarbenen, roten, kanariengelben und tausend anderen Schattierungen mehr explodiert, ist in den faszinierenden Gärten —eine ungewöhnlich schöne Kombination von Bäumen, Blumen und Wasserbehältern— in denen die kunstfestspiele sowie öffentliche und feierliche Veranstaltungen der Stadt abgehalten werden.

35. *Ein ganz aussergewöhnliches Mosaik, das die Fabel von Polyphemus und Galathee darstellt.*

13. DAS GESCHICHTLICHE STADTMUSEUM UND DIE VOLKSKUNST - UND STIERKAMPFMUSEEN

Das Geschichtsmuseum Museum der Stadt ist in dem alten Turm der "Calahorra" untergebracht, den wir bereits beim Zugang zu Córdoba über die römische Brücke erwähnt haben.

Das Innere dieses spärlich durch Schiessscharten beleuchtete mittelalterliche Gebäude verbindet seine gewölbten Räume durch grosse Halbbogen. Das Museum ist von grossem Interesse, insofern als es uns eine Reihe seltsamer Dokumente zeigt, die sich auf geschichtliche Ereignisse der Stadt beziehen: die Privilegien von Sancho IV., Fernando IV. und Alfonso XI. —zwischen 1303 und 1337— zugunsten der Schiffer des Guadalquivirflusses; das Privileg von Carlos III. 1774— das die Einwohner und Bürger von Córdoba von der Zahlung von Stadtzöllen und anderen Abgaben befreite; die vom Markgrafen de Priego (Neffe von el "Gran Capitán") und seiner Gattin an den Rat gerichteten Briefe; den königlichen Erlass Seiner Majestät, in Granada am 2. Januar 1492 verkündet, worin der Stadtverwaltung die Beendigung des Krieges gegen den König von Granada mitgeteilt wird, und die "Stadtordnung über Bevölkerung und Eroberung" des Königs Fernando III., das älteste in romanisch abgefasste Dokument aus der Königlichen Kanzlei.

Eine sorgfältige Aufteilung wird uns spanische Möbel, Waffen, Kandelaber, Schreine und Teppiche bewundern lassen; Skulpturen, die dem "Gran Capitán" gehörten; andenken anderer Stadtverwaltungen, die zu Córdobas Stadtrat Beziehungen unterhielten und eine ausgezeichnete Sammlung spanisch-amerikanischer Flaggen.

Das Volkskunst - und Stierkampfmuseum hat seinen Platz in einem Haus aus dem XVI. Jahrhundert am Maimónides-Platz; seine Innenhöfe sind ausserordentlich schön: insbesondere der mittlere, der von einem Bogenkreuzgang umgeben ist. Córdobas Farbe wird hier durch das Perlweiss der Wände und die Grüntönungen der Stockwerke bestimmt. Aber wenn in der Sommerhitze eine schützende Plane über den Hof gebreitet wird, werden die durchscheinenden Sonnenstrahlen vom romanischen Kleinpflaster zurückge-

36. *Innenhof des Museums der Volkstümlichen Künste und der Stierkampfkunst.*

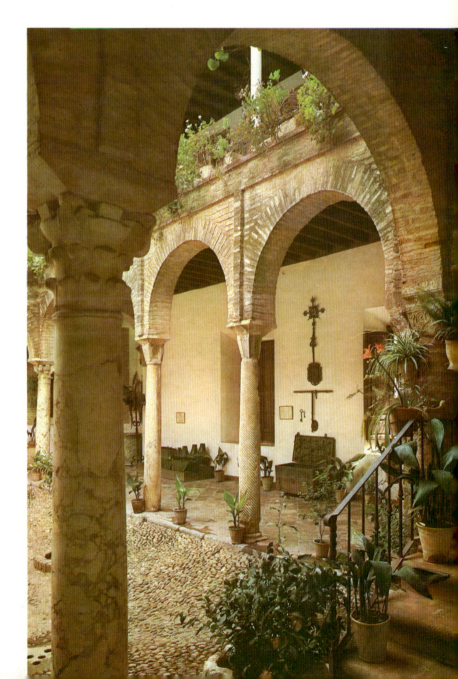

37. *Ein kurzer Anzug des "Rejoneadors" (zu Pferde reitender Stierkämpfer) Don Antonio Cañero.*

38. Eingangshof zum Archäologischen Museum.

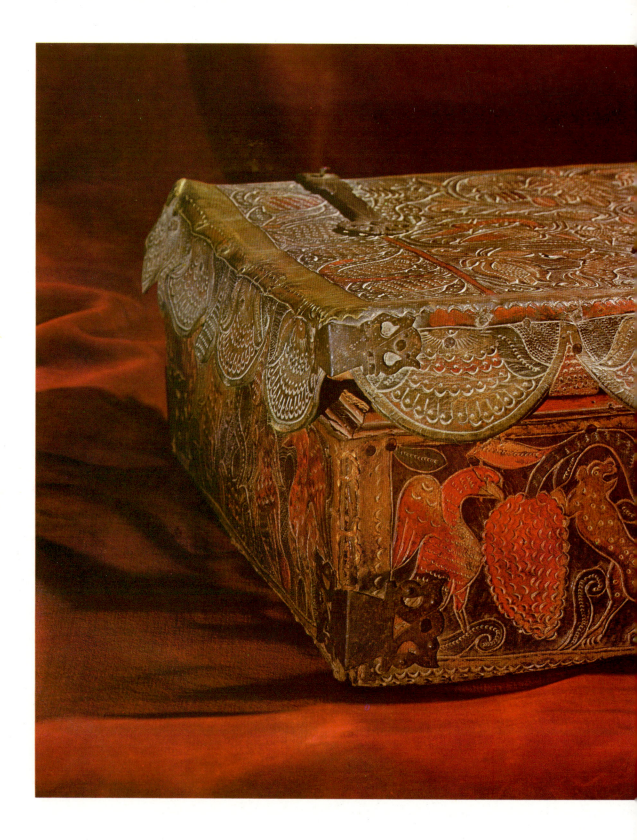

39. Truhe aus dem XVI. Jahrhundert, überzogen mit kunstvoll bearbeitetem Leder im Stile Córdobas; sie befindet sich im Museum der Volkstümlichen Künste und der Stierkampfkunst.

worfen und bilden leuchtende und durchscheinende Fäden aus Purpurrot oder feurigem Karmin, aus feurigem Lack oder roter, aus Wurzeln und Holz gewonnener Farbe, aus hitziger und schillernder Bronze, die sich in kleinsten Goldstaub aufzulösen scheint...

Im unteren Stockwerk des Museums sehen wir zunächst einen grossen Saal zur Ausstellung von Lederarbeiten und Frauenkleidern, gegerbtem, polychromem und graviertem Leder. Es beinhaltet zweiundsechzig sehr wertvolle Stücke.

Im oberen Stockwerk können wir sehr wichtige Werke der cordobesischen Silberschmiedekunst bewundern, wobei die Vorderseite des Hauptaltars aus dem XVI. Jahrhundert, aus geschmiedetem Silber, und alte Silberschalen, in denen die Stimmzettel des Rates deponiert wurden, besonders hervorzuheben sind.

Die übrigen Säle des oberen Stockwerks beherbergen die Stierkampfabteilung des Museums. Insbesondere sind sie den grossen cordobesischen Stierkämpfern gewidmet:

Rafael Molina "Lagartijo", Rafael Guerra "Guerrita", Rafael González Madrid "Machaquito"; Manuel Rodríguez Sánchez "Manolete" und Manuel Benítez "El Cordobés". Sämtliche Säle und Nebenräume besitzen ausgestopfte Stierköpfe, geschichtliche Stierkampfbekleidung, Bilder, Photographien, Gegenstände, Trophäen und Elemente der verschiedenen Stierkampfphasen, die den genannten Stierkämpfern gehörten.

Museumsbesuch im Saal des Speer-Stierkämpfers Antonio Cañero.

40. *Bisamhirsch aus Medina Azahara (X. Jahrh.), im Provinzial-Museum der Archäologie.*

14. DAS ARCHÄOLOGISCHE PROVINZIALMUSEUM

Am "Jerónimo Pàez" —Platz befindet sich das archäologische Provinzialmuseum —ein kultureller Mittelpunkt ganz besonderer Grösse— das als eines der besten in Spanien angesehen ist. Die treffende und geschmackvolle Aufstellung seiner aussergewöhnlichen Sammlungen nehmen dem Besucher den Atem; denn es ist schwer möglich, in ansprechender Weise so wertvolle archäologische Stücke auszustellen wie sich in den alten Höfen, Gärten, Sälen und Galerien dieses hervorragenden Gebäudes im Renaissancestil finden laussen, dessen erste Strukturen jedoch bis ins untere Mittelalter zurückreichen.

Hier könnte man die Farbe Córdobas in das dunkle Rot des Bitumenteers, das feine harmonische Aschgrau, in das von den alten Malern so gern benutzte Chromgelb auflösen...; in die Suggestion, die Verzückung, die Evokation und die Phantasie, die ebenfalls Farben des Geistes sind. Aber wir dürfen nicht glauben, dass dieses lebendige Aufblitzen, das sich sowohl mit den Vögeln wie mit den Blumen und Springbrunnen des Museums vereinbart, uns mehr beeindrucken werden als die ausgestellten Stücke. All dies ist, im Gegenteil, nur der Hintergrund des Wirklichen, des rigurös Wissenschaftlichen.

Das Museum würde in diesem Gebäude ab 1960 unter der Leitung von Frau Ana María Vicent, Herz und Seele des Museums und seine heutige Direktorin, eingerichtet. Es wurde 1965 eingeweiht. Den ersten Stock nehmen die für die Aufnahme der prähistorischen, protohistorischen, romanischen und gotischen Sammlungen bestimmten Räume in Anspruch. Der zweite Stock bietet uns die interessantesten und verschiedenartigsten Muster aus moslemischer und Mudejarzeit dar.

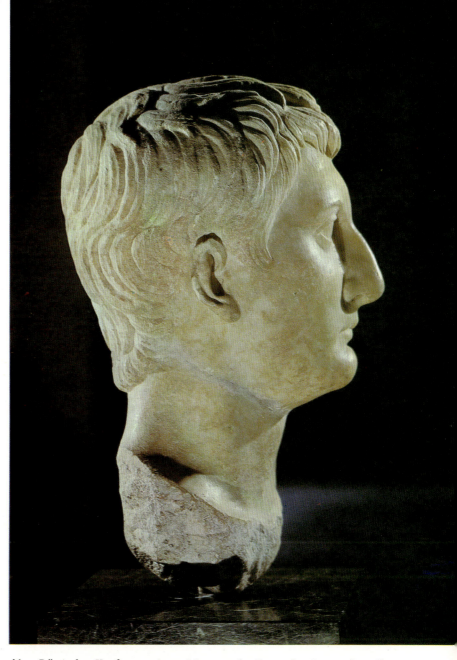

41. Römischer Kopf aus weissem Marmor, der Droso den Jungen darstellt.

Eine Einzelaufzählung der Sammlungen des Archäologischen Museums in Córdoba ist nicht einmal auf vielen Seiten möglich. Infolgedessen müssen wir auf die Erwähnung aller Stücke verzichten und nur einige als kurzen Überblick für den Besucher anführen. So wollen wir ein Gefäss aus der neolythischen Periode hervorheben, das aus der Fledermausgrotte in Zueros stammt; die Silberteile des Schatzes von Pozoblanco; den iberischen Löwen aus Kalkstein, der aus Nueva Cartaya stammt; das iberische Stein-Tiefrelief aus Almodóvar del Río; das Fragment eines römischen Sargdeckels, verschiedene Szenen der Olivenernte darstellend; mehrere Abbildungen mythologischer Gestalten wie Attis,

47

Bachus, Diana, Monerva, Silen und Venus; die Statuen von Kaisern und derer Familienangehörigen: Agrippina, Kommodus, Drusus der Jüngere, Faustina, Livia, Tiberius, usw.; die römischen Mosaiken in aussergewöhnlicher Fertigung: alle mit dem Bachuswagen in ihrer Mitte; die Szene zwischen Aryadne und Dionysius; die Kinder Romulus und Rhemus, die von der römischen Wölfin gestillt wurden...

Ebenso erwecken sehr unsere Aufmerksamkeit ein altchristlicher Sarg, der aus den Jahren 330 bis 340 stammt und in Cordoba entlarvt wurde; die Patera aus rotem Ton mit versenktem lateinischem Kreuz aus der west-gotischen Basilika von el Yermo. Die mozarabische Bronzenglocke mit Widmung des Abtes Sanson aus dem IX. Jahrhundert und die aus Espiel stammt...

Wir machen dieser Beschreibung ein Ende mit der Aufzählung prächtiger arabischer Stücke: Kapitelle, Springbrunnen, Tafeln und Einlegearbeiten aus Medina Azahara; Bronzegegenstände, Silberschalen, Glasarbeiten, Kerzenhalter, usw; ein Kalifalbecken für einen Springbrunnen aus weissem Marmor mit Verzierungen aus Blättern von Bärenklau und Köpfen von Löwen und Ziegen, sowie schliesslich das hervorragende Stück einer Rehkitz aus Bronze mit Damastverzierungen aus dem X. Jahrhundert und aus Medina Azahara stammend.

15. DAS PROVINZIALMUSEUM DER SCHONEN KÜNSTE

Das Provinzialmuseum der Schönen Künste liegt in dem alten Wohlfahrtskrankenhaus auf dem Potro-Platz. Ein gemeinsamer Hof von unbeschreiblicher Erhabenheit bietet uns den Zugang zum Museum, sowie zum Julio de Torres-Museum.

42. "Sankt Paulus" von Antonio del Castillo.

Cordobas Farbe präsentiert hier Grünschattierungen: Guimet, Pelletier, Celadonit, afrikanisch, veronesisch, usw.... durch die geraden Myrthenwege, Rosensträucher und Orangen mit einem Zusammenspiel der Pflanzendecke mit dem Hirschweiss der hohen Mauern und der Marmorstatuen und alles einhüllend durch Nebel, Wolken, Abstufungen von Blau und anderen Tönungen der Fensterverzierungen.

Das Museum besteht aus zwei Etagen. In beiden werden ausgezeichnete Sammlungen von Gemälden, Skulpturen und Zeichnungen ausgestellt. Bereits im Eingangskorridor lassen sich schöne Olgemälde von Meneses, zwei Gemälde von Cobo de Guzmán, eine "Santa Eulalia" von Alfaro, ein Gemälde von Valdés Leal und eines von Lucas Valdés sehen. Wenn wir in den grossen Saal auf der linken Seite —mit römischem Mosaik belegt— eintreten, haben wir eine wertvolle Sammlung cordobesischer Malerei aus dem XVII. Jahrhundert vor uns. Hervorzuheben sind die Werke des Cordobesers Antonio del Castillo, mit besonderer Erwähnung des "Calvario", "San Rafael", "San Fernando", "Santa Catalina" und verschiedenen Auferstehungs —und Weihnachtsthemen sowie verschiedener Gemälde von Valdés Leal— wie die berühmte "Vir-

43. *"Anbetung der Hirten" von José Ruíz de Sarabia (1630).*

44. *"Die Hl. Jungfrau der Silberschmiede"* von Juan de Valdés Leal.

45. *"Das Mädchen mit dem Krug"*. ▶

gen de los Plateros" und andere Werke von Juan de Peñalosa —ein Schüler von Céspedes— und von Fray Juan del Santísimo Sacramento.

Auf der rechten Seite des Erdgeschosses finden wir den dem romantischen und modernen Stil gewidmeten Saal. Es gibt Gemälde von Ramón Casas, Zubiaurre, Solana, Iturrino, Roberto Domingo, eine Reihe Zeichnungen von Rafael Romero de Torres und Gemälde von Santiago Rusiñol, Enrique Romero de Torres, Lozano Sidro, Angel Barcia, Emilio Ocón, Beruete, Sentenach, Cuenca Muñoz, Pedro Bueno, Romero Barros und anderen.

Unmittelbar daran schliesst sich ein Saal an, der fast ausschliesslich dem cordobesischen Bildhauer Mateo Inurria gewidmet ist. Darin können wir grossartige Werke dieses grossen Künstlers bewundern: "Forma", "Gitana", "Cabeza del Gran Capitán", "Cabeza de Lagartijo", "Maternidad", "El peinado" usw. ...

In diesem Raum können wir auch zwei grosse Gemälde von Tomás Muñoz Lucena und Rafael Romero de Torres betrachten.

Im Obergeschoss gibt es eine sehr bedeutende Sammlung von Zeich-

nungen, von denen besonders die von Sarabia, García Reinoso, Valdés, Palomino, Miguel Verdiguier und anderen hervorzuheben sind. In den Korridoren und Sälen sieht man ausgezeichnete Werke von Agustín del Castillo, Murillo, des Präbendars Castro und von Andrés Ruiz de Sarabia. Danach begeben wir uns zum Céspedes-Saal, um die Olgemälde dieses cordobesischen Malers sowie andere von Cobo de Guzmán, Valdés Leal und Zambrano zu betrachten.

Anschliessend können wir vier grosse Gemälde von Zurbarán bewundern, ferner eines von Carreño de Miranda, zwei ganz hervorragende Goya (Bildnisse von María Luisa und Carlos IV.), einen Alonso Cano, einen Murillo, fünf José Ribera —darunter die prächtige "Sagrada Familia"—, zwei Rubens, ein Guido Reni und ein Vicente López.

Zum Abschluss begeben wir uns in den Saal der primitiven Meister —ebenfalls im Obergeschoss— mit dem ausserordentlichen Altarschrein von Alonso de Aguilar, Werken von Pedro Romana und Luis de Morales sowie die Tafeln von Alejo Fernández und Pedro de Córdoba.

16. DAS MUSEUM "JULIO ROMERO DE TORRES"

Das monographische Museum "Julio Romero de Torres" teilt seinen Eingang mit dem Hof des Provinzialmuseums der Schönen Künste. Es wurde 1931, einundeinhalb Jahre nach dem Tode des genialen cordobesischen Malers, von seinem Sohn und heutigen Leiter Rafael eingerichtet. Seine Bestände setzen sich aus sehr wertvollen Sammlungen des grossen Künstlers zusammen, die seine Gattin und seine Kinder selbstlos der Stadt vermachten. Zwischen 1931 und 1936 wurde es durch Neu-

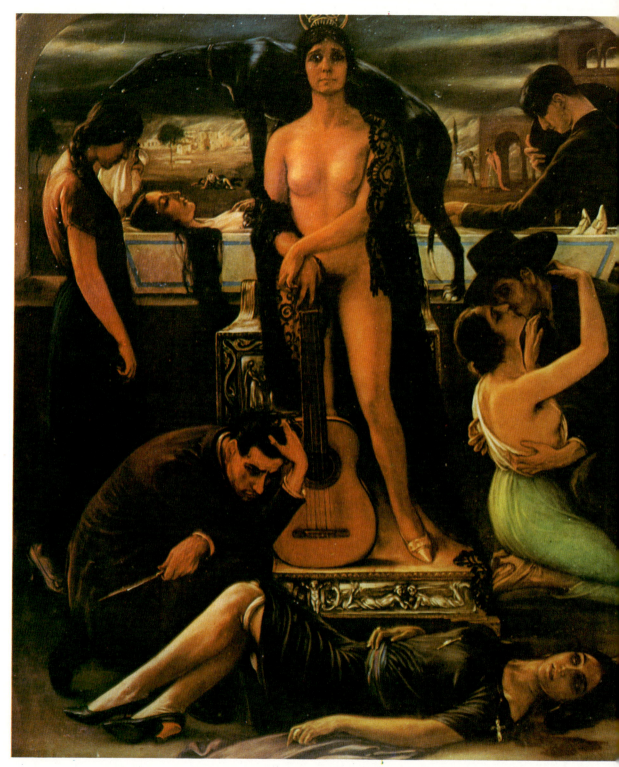
47. "Cante hondo".

◀ 46. Fassade des Museums "Julio Romero de Torres".

zugänge bereichert und schliesslich in seiner endgültigen Form am 24. Mai 1931 eingeweiht.

Das Museum "Romero de Torres" ist eines der am meisten besuchten des Landes. Keiner der seine Räume betritt, vom Ruhm und dem Namen des Malers angelockt, wird niemals von der Farbe Córdobas enttäuscht —man verstehe hier unter Farbe Seele und Geist–, denn es gibt nichts Besseres als diese Gemälde, um das cordobesische Gefühl zu empfinden, das so schwer zu erfassen und so köstlich ist. Die malerischen Werke von Julio Romero de Torres vertreten genau die Farbe und die Seele Córdobas.

Das Museum ist direkt vom Gartenhof aus zugängig. Das Erdgeschoss hat zwei Säle; im ersten beginnt die schöne Marmortreppe, die zu den Räumen führt, in denen die Gemälde des berühmten Künstlers ausgestellt werden. Die unteren Säle enthalten photographische Wiedergaben von Julio's Werken, die sich nicht im Museum befinden; spanische Möbel, Vitrinen mit Büchern, Briefmarken, Banknoten usw..., weiter eine Marmorbüste des Malers von Juan Cristobal, Paletten und Pinsel des Künstlers, Archiv, Bibliothek, Hemerothek und bibliographische Sammlungen.

Das Obergeschoss bildet das eigentliche Museum, denn darin sind die Werke des grossen cordobesischen Künstlers aufbewahrt. Im ersten Saal können urir Werke wie "San Rafael", "El poema de Córdoba", ein Polyptychon mit sieben Bildern: in der Mitte "San Rafael en Triunfo", an den Seiten sechs Darstellungen der Stadt Córdoba: kriegerisch, barock, jüdisch, romanisch, religiös und stierkämpferisch; "La Virgen de los Faroles", wovon sich eine Kopie in der nördlichen Fassade der Mezquita-Kathedrale befindet; "Contrariedad", "Magdalena", "Muerte de Santa Inés", "Samaritana" und "Amor místico".

Im zweiten Saal bewundern wir "Salomé", "Viernes Santo", "La sibila de la Alpujarra", "El pecado", "La Argentinita", "Alegrías", "Conchita Triana", "Angeles y Fuensanta", "Cante hondo", "Doña Ysolina", "Nuestra Señora de Andalucía", "Flor de Santidad", "Nocturno" und "Camino de las bodas".

Im dritten Saal, den wir zu besuchen haben, betrachten wir "La niña de rosa", "Niña del candil", "En la Ribera", "Diana", "Naranjas y Limones", "Niña de la jarra", "Viva el pelo", "Salud", "María Luz", "Mujer de Córdoba", "La Copla", "La chiquita buena", "Cecilia Roballo", "María Pilar", "La nieta de la Trini", "Rosarillo", "María de la O", "Cabeza de Vieja", "Carmen", "Fuensanta", "Ofrenda al Arte del Toreo", "Bendición", "Nieves", "Eva", "Marta", "Rafaela" und zuletzt "La chiquita piconera", das letzte vollendete Werk des Malers —vollhommenste Schöpfung einer cordobesischen Frau— die durch Volkslegende glorreich verewigt wird.

Schliesslich bleibt noch der intime Saal, eine Reproduktion des Studios von Julio in Madrid. Unter seinen verschiedenen Bildern wollen wir "Horas de Angustia" hervorheben, ein ausserordentliches Gemälde aus der ersten Epoche des Künstlers.

17. PFARRKIRCHEN UND ANDERE TEMPEL

Die besondere Farbe Còrdobas in seinen Templen verfeinert sich in den gelben Orangetönungen der Kalkmergel der Aussenwände, im Buchenschwarz, das die Gewölbe bläut, und in den Grautönen oder den einfarbigen Farben -braun, grau oder sepiafarben–, die ursprünglich für die Dekorierung der Wände, der Kirchenfenster und der Emailverzierungen benützt wurden.

Als Fernando III. el Santo die Stadt Córdoba im Jahre 1236 wiedereroberte, gründete er vierzehn Pfarrkirchen deren Errichtung zwischen dem Ende des XIII. und dem Beginn des XIV. Jahrhunderts festzustellen ist; der Stil entspricht der Ubergangszeit vom Romanischen zum Gotischen, mit Spuren des Mudejarstils. In den XVII. und XVIII. Jahrhunderten wurden diese Kirchen mit Elementen des Barockstils verkleidet. Die Kirchen aus der Zeit der Reconquista wurden im allgemeinen auf dreischiffigem Grundriss mit polygonaler Apsis gebaut.

Hervorragend sind: *San Andrés*, über der mozarabischen Basilika von San Zoilo im Viertel der Seidensticker erbaut. Von San Fernando ist nur die mittlere Apside erhalten geblieben, die in ein Sakramenthäuschen verwandelt wurde, sowie das Spitzbogengewölbe; *San Lorenzo* mit ihrem trompetenförmigen und durch einen Säulenvorbau aus dem XIV. Jahrhundert fast verdeckten Hauptportal; über ihm ist eine hervorragende Rosette zu sehen, die sich aus sechs abnehmenden Zierleisten zusammensetzt, die den Rahmen bilden; dazu eine kleine Rosette in der Mitte, von der verschlingende Gurtbogen ausgehen, die sich zierlich auf kleine Säulen stützen; *La Magdalena*, die innerhalb ihrer gotischen Charakteristiken einen älteren Eindruck macht; von aussen bemerkt man die polygonalen Apsiden, und die trompetenförmigen Portale mit Gurtbogen sind ausserordentlich schön. Sie besitzt einen kostbaren Turm.

Santa Marina mit ihrer ausserordentlichen Hauptfassade weist vier Verstärkungen oder Widerstreben auf, die ihr den imposanten Anblick einer Festung geben. Sie besitzt drei prächtige Verzierungen mit leichten Gurtbogen, einer mittleren Rosette und einem Dachfenster zwischen ihnen; *San Miguel* weist eine prächtige Rosette und herrliche seitliche Verzierungen auf sowie eine sehr **interessante Kapelle aus der Baptistenzeit**; *San Nicolás de la Villa* hat ausnahmsweise eine quadratische Apside. Neben der Kirche erhebt sich ein schöner achteckiger Turm mit einem zierlichen Mudejarfries und mit Lilien verzierten Zinnen: dies ist der repräsentativste und schönste aller Türme in Córdoba; *San Pedro* war lange Zeit mozarabische Kathedrale gewesen, während der musulmanischen Besetzung; in ihr werden die Reliquien der Heiligen Märtyrer von Córdoba aufbewahrt. Diese Kirche besitzt sehr wichtige Gemälde; *Santiago*, eine über einer ehemaligen Mezquita erbaute Kirche mit trompetenförmigem Tor und zierlicher Spitzbogenrosette, die mit Mosaiksteinen ausgelegt ist. *San Francisco und San Eulogio*, eine alte Kirche des Franziskanerklosters in San Pedro el Real mit Gemälden von Valdés Leal und Antonio del Castillo. Neben ihr können wir das vor

48. *Fassade der Pfarrkirche von San Lorenzo.*

49. *Fassade der San Pablo-Kirche.*

kurzem restaurierte Klaustrum aus dem Mittelalter bewundern; *San Pablo*, die vollständigste Kirche aus der Zeit der Reconquista, mit einem sehr schönen Originalportal nach der Gasse zu, von der die Strasse ihren Namen hat, und die sehr interessante verschnörkelte Torverzierung auf der Seite des Salvadorplatzes. Sie birgt gute Gemälde von Antonio Palomino, Skulpturen von Duque Cornejo und ein Kleinod der spanischen Malkunst aus dem XVII. Jahrhundert: "La Virgen de las Angustias", ein Werk von Juan de Mena; *San Hipólito*, eine zum Andenken an die Schlacht von Salado im XIV. Jahrhundert errichtete Stiftskirche: sie beherbergt die Grabmäler von Fernando IV. und Alfonso XI.; *El Salvador und Santo Domingo de Silos*, zwischen 1564 und 1589 erbaut, auch "die Kompagnie" genannt, weil sie eine Kirche des früheren Jesuitenklosters ist.

18. KLOSTER UND HEILIGENSTÄTTE

Die Klöster von Córdoba —viele zu Fernando's Zeiten gegründet— haben sich bis in unsere Tage hinein erhalten. Sie bezeugen eine Fülle eigener Religiosität und waren immer geheiligte Zufluchtsstätten für Studium und Betrachtung gewesen. Wir müssen hervorheben: *San Agustín,* der Dominikaner, wurde Anfang des XIV. Jahrhunderts erbaut, und die Apside der Kirche ist seither mit ihren stilisierten gotischen Verrippungen erhalten geblieben: im XVI. Jahrhundert wurde ein grosser Umbau vorgenommen, wobei der **Tempel den Grundriss eines lateinischen Kreuzes erhielt und im Schnör**kelstil dekoriert wurde; *San Cayetano* der theresianischen Karmeliterinnen, von San Juan de la Cruz 1580

50. Fassade des Klosters von San Cayetano; ein Werk aus der Anfangszeit des XVII. Jahrhunderts.

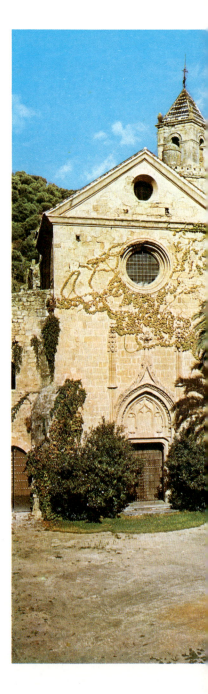

51. Die Hauptfassade des Klosters von San Jerónimo (Sankt Hieronymus-Kloster) im Gebirge von Córdoba (XV. Jh.).

gegründet. Die Kirche im griechisch-römischen Stil wurde vom Karmeliter Fray Juan del Santísimo Sacramento ganz mit Ölfarbe behandelt, unter Verwendung von Themen aus dem Leben der Santa Teresa und des heiligen Gründers; das Kloster der Beschuhten Karmeliter mit einem schönen Klostergang und einer ausgezeichneten Kirche im maurischen stil. Das Beste in dieser Kirche ist der von Valdés Leal 1658 gemalte Hochaltar; *Santa Isabel* der Franziskanerinnen, 1491 gegründet mit einem stillen, von hohen Zypressen beschattetem Eingangshof. Es enthält prächtige Gemälde und Reliquien. Ebenso muss man das *Kloster Santa María* der Nonnen des Hl. Hieronymus mit seinem prächtigen Vorhof bewundern. Der im Jahre 1471 errichtete Tempel weist ein sehr hübsches Tor im geblümten Spitzbogenstil auf.

Eines Besuches wert sind auch die Klöster des *Corpus Christi* der Dominikanerinnen —hübscher Innenhof mit Zypressen— und der *Padres de Gracia* der Trinitariermönche aus dem Jahre 1607, sowie des *Jesús Crucificado*, 1588 erbaut, und die Kirchen *Santa Victoria* mit neoklassischen Linien und Vorderfront, 1788 vollendet; des *Juramen-*

to, wo der Schutzheilige von Córdoba San Rafael Arcángel verehrt wird; der *Fuensanta*, Mitbeschützerin von Córdoba; *San Jacinto* mit einem schönen gotischen Portal und Schnörkeleinflüssen, Statuen im Giebelfeld und seitlichen Wandpfeilern, und schliesslich die Kapelle des *San Bartolomé*, eine ehemalige Einsiedlerei in schöner gotisch-mudejar Bauweise mit Holzverflechtungen und fliesenbelegtem Sockel aus dem XVI. Jahrhundert.

Die cordobesische Farbe verfeinert sich in den heiligen Stätten des Gebirges. Auf dem Grün und dem Braun, der roten armenischen Erdfarbe oder dem roten Lack der Dämmerung, vervollständigt mit der Patina eines transparenten Blaus, des hellen und blauschimmernden Himmels.

Zu besuchen sind die *Einsiedlereien von Córdoba*. Es lohnt sich, den Kontrast des harten und einsamen Lebens der Einsiedler in ihren seltsamen Hütten mit dem Lichtermeer und schönen Panorama der fernen Stadt zu beobachten. Die Kirche wurde im XVIII. Jahrhundert errichtet. 1929 wurde in jener Gegend ein Denkmal für das Hl. Herz Jesu ent-

52. *Die vielfarbige Fassade der Kirche "de la Merced", ein typisches Werk des cordobeser Barockstils (XVIII. Jh.).*

53. Die "Plaza de Capuchinos" (Platz der Kapuziner).

worfen, ein Werk von Coullant Valera; das Kloster von *San Jerónimo de Valparaíso,* ganz in der Nähe von Medina Azahara, und von der Mutter des Alcaide de los Donceles gegründet. Es ist im Spitzbogenstil gebaut und überrascht durch die Schönheit seines Klosterganges. Von seiner Gründung bis zum Jahre 1835 gehörte es dem Jeromiterorden, und jetzt ist es Eigentum der Markgrafen del Mérito; das Heiligtum von *Santo Domingo de Escalaceli*, 7 km von Córdoba entfernt, ein dominikanisches Kloster, das von San Alvaro gegründet und im XVI. Jahrhundert von Fray Luis Granada erweitert wurde. Die Kirche wurde im XVI. Jahrhundert restauriert. An den ersten Sonntagen im Frühling wird eine Wallfahrt veranstaltet. Schliesslich sollte man noch das Heiligtum von *Nuestra Señora de Linares* besuchen, das ebenfalls 7 km entfernt liegt und wo ein kleines Bildnis der Heiligen Jungfrau verehrt wird, das der König San Fernando nach Córdoba brachte, als er die Stadt wiedereroberte. Die Kapelle stammt aus dem XIV. Jahrhundert. Auch hier wird eine Wallfahrt jeden ersten Festtag im Mai veranstaltet.

19. DIE PLÄTZE CORDOBAS

In Córdoba weisen die Plätze einen besonders eigentümlich bestimmenden Zug der Städteplanung auf. Sie entstanden mit dem spontanen Stempel ihrer funktionellen Notwendigkeit und Schönheit und rufen das Erstaunen der Besucher hervor, denn sie besitzen einen durch die Jahrhunderte hindurch übermittelten einzigartigen Reiz, der nicht nachzuahmen oder zu zerstören ist. Viele der alten cordobesischen Plätze erlitten Verstümmelungen, Erweiterungen oder Beschneidungen infolge der architektonischen Entwicklung, die das tägliche Leben von seinen Menschen fordert; dies war jedoch niemals ein Hindernis dafür, dass sie verjüngt und verschönert aus der Umwandlung hervorgingen und sich erneut so schön und fesselnd wie immer zeigten. Wir müssen hervorheben: "La Plaza del Potro", gross und rechteckig mit seinem einladenden und legendären Wirtshaus aus dem XV. Jahrhundert —von dem der Platz seinen Namen erhalten hat—; seinen schlanken Brunnen aus Stein, 1577 errichtet und als Abschluss ein sich aufbäumendes Fohlen und die Fassade des Wohlfahrtsspitals, Sitz und Eingang zum Provinzialmuseum der Schönen Künste und jenem von Romero de Torres.

"La Plaza de los Dolores", die vom Kapuzinerkloster aus dem XVII. Jahrhundert, der Kirche de los Dolores und dem Krankenhaus von San Jacinto gebildet wird. Es ist ein wundervoller mystischer Platz —Einsamkeit und Schweigen als wichtige Faktoren zum Beten— dessen Scheitelpunkt der verehrte "Cristo de los Desagravios y de la Misericordia" bildet, den das Volk "Cristo de los Faroles" nennt. Das Bildnis in weissem Marmor wurde 1794 errichtet und ruht auf einem Steinsockel aus dem Gebirge von Córdoba. Das Ganze ist durch ein quadratisches Eisengitter geschützt. Acht alte Lampen nüancieren mit ihren Olbrennern die unendliche Erhabenheit dieser verborgenen Stelle.

"La Plaza de la Corredera" bildet ein grosses Rechteck mit einer in ihrem ganzen Umfang durchgehenden Säulengalerie, ausser auf der Südseite, wo auf einer kurzen Strecke zwei Torbogen vorhanden sind. Die auf Säulen ruhenden Halbbogen dienen als Stütze für drei Etagen mit **symetrischen, rechteckigen Maueröffnungen und verlängerten eisernen Balkons.** Diese werden verschönert durch eine Zusammenstellung von vielfarbigen Blumen und Klettersträuchern, wobei sich Stein, Ziegel und Kalk in einer unglaublichen Harmonie vermischen. Die architektonische Anordnung des Platzes stammt aus dem letzten Drittel des XVII. Jahrhunderts, als sie vom Corregidor Ronquillo Briceño verändert wurde. In der Römerzeit war die "Plaza de la Corredera" der Haupteingang zum Amphitheater von Córdoba. Aus der Zeit der Katholischen Könige stammen die sogenannten "Casas de Doña María Jacinta" in der Südwestecke und seit 1583 das frühere Gefängnis, das sich daneben befindet. Beide stehen im Gegensatz zu der rechtwinkligen Art des übrigen Platzes.

Ein gemeinsamer Hauch scheint das Mysterium der Plätze Córdobas zu umgeben... Bleiweiss oder taubenweiss, ultramarin, Lapislazuli, gemsfarben orangenfarbig... Die Farbe der Stadt stellt sie unter einem verführerischen Prisma dar, das auch für alle anderen nicht beschriebenen Plätze gültig ist. Es sind insgesamt fast hundert und alle sehr schön, wenn auch von unterschiedlicher Schönheit. Nur als Anhaltspunkt der Repräsentativität des wundervollen Ganzen wollen wir einige davon erwähnen: "La Magdalena", "Ave María", "Abades", "Cardenal Salazar", "Maimónides", "Jerónimo Pérez", usw...

20. DIE STRASSEN UND TYPISCHEN WINKEL

Die Strassen des alten Córdoba, die seinen historisch künstlerischen Bereich darstellen, sind gemäss einer langsamen Entwicklung entstanden. Es scheint, als ob die Zeit in ihnen stillgestanden Wäre; dass das Schweigen gefangen ist zwischen dem Karminrot, dem Meergrün, der Kreide und Sepiafarben Cordobas... in seinen Strassen; dass der Friede allmählich unser Herz beruhigt und unsere Erregung besänftigt. Das ist das "Córdoba zum Sterben", wie García Lorca sagte; aber wenn es so ist, kann auch das langsame Sterben

54. *Luftansicht der "Plaza de la Corredera" (Corredera-Platz).*

55. *Teilansicht der "Cabezas"-Strasse, dem Sitz der Tradition der Infanten von Lara.* ▶

56. *Die Gasse der Blumen*

uns in die Vollkommenheit eines ewigen Lebens versetzen, denn auch im Mysterium und der Evokation der cordobesischen Strassen liegt die Gnade einer glorreichen Auferstehung.

Beispiel und Spiegel dieses Cordobas ist "La Calleja de las Flores", die in dieses phantastische Labyrinth eingebettet ist, das die städtische Anordnung des alten Córdoba rings um die Mezquita darstellt. Um zu ihr zu gelangen, muss man die "Comedias" —Strasse überqueren, wo sich im XVI. Jahrhundert das Stadttheater befand. Den Zugang weisen uns ein altes Kapitel und sein Schaft, die in die reinweisse Ecke eingebettet sind. "La Calleja de las Flores" stellt sich vor den Reisenden, ohne dass dieser es bemerkt. Ähnlich wie die versteckten Wirbel in den Gebirgsflüssen, zieht ihn eine unwiderstehliche Kraft an, um ihn in den Bereich der Schönheit und des Entzückens zu ziehen.

Geranien, Alhelis, Nachtschatten, Jasmin, Rosen, Nelken... Die gesamte cordobesische Flora bietet sich rivalisierend und im Wettbewerb unserem Entzücken dar. Die kleinen Dächer, die schmiedeeisernen Tore und Gitter tragen zur Schaffung der Stimmung bei. Und wenn wir vom verbreiterten Gässchen aus uns wieder nach dem Eingang wenden, sehen wir im Hintergrund, zwischen Mauern und Bogen eingekeilt —ohne einen anderen Ausweg als das Blau des Himmels— den Turm der Mezquita-Kathedrale, die ab und zu mit den langsamen und feierlichen Noten ihrer bronzenen Glocken den richtigen Hintergrund für unser Entzücken schafft.

Zu erwähnen ist auch "La Calle de San Fernando" oder "Calle de la Feria", eine Hauptstrasse wo das Weiss der Fassaden durch lange Reihen von Bitterorangen hervorgehoben wird, die fast ihre ganze Länge einnehmen; mit ihrem 1796 errichteten schönen und verträumten Brunnen in schwarzem Marmor; mit ihrem "Arco del Portillo", der im XIV. Jahrhundert in die Mauer gebrochen wurde, um die "Almedina" mit der "Ajarquía" zu verbinden...

Wenn wir durch den "Arco del Portillo" eintreten und die "Cabezas" Strasse durchlaufen, treffen wir auf eine sehr enge Gasse, die durch ein schmiedeeisernes Gittertor mit sieben kleinen Mauerwerkbögen von einer Wand zur anderen abgeschlossen ist. Wie aus einer von Menendez Pidal verfassten Tafel hervorgeht, bestätigen die literarischen und volkstümlichen Überlieferungen, dass in diesen Bögen die Köpfe der sieben Infanten von Lara aufgehängt worden waren.

Wir sollten auch einen angenehmen Spaziergang unternehmen um die "Cuesta del Bailío", "La Fuenseca", "La Lagunilla", den "Compás de San Francisco", die "Calle de la Luna", die der "Judíos" der "Hoguera", "Cuesta de Peramato" usw. kennenlernen.

Nicht zu vergessen sind auch die "Rincones de Oro", von einem kleinen Platz aus dem XVII. Jahrhundert gekrönt, auf dem nur wenige Menschen Platz finden können: es ist eine so unwahrscheinlich enge Stelle, dass sie mit einem diagonal gefalteten Taschentuch gemessen werden kann, dessen Spitzen an die beiden Wände der Gasse gehalten werden.

21. CORDOBAS INNENHÖFE

Córdobas Innenhöfe widerstehen den Zeiten. Sie stellen eine Zusam-

57. *Ein schöner cordobesischer Innenhof in der Badanas-Strasse.*

58, 59, 60 u. **61.** Die cordobesischen Innenhöfe, der Inbegriff der reinsten Essenzen der Stadt, sind ein wahrhaftes Symbol des Friedens und des Zusammenlebens.

menstellung überwältigender Schönheit dar, wirklich einzigartige und nicht wiederzufindende Winkel. Ihr gemeinsamer Nenner ist die ihnen von den Cordobeser entgegegebrachte Liebe und selbst wenn man einige pflanzliche und arkitecktonische gemeinsame Elemente aufzeigen könnte, so gleicht doch keiner dem Anderen. Ihre Pfleger vermitteln ihnen ihre eigene Persönlichkeit.

Man kam daher bestimmt behaupten, dass Córdobas Innenhöfe beseelt sind. Es gibt deren so viele und verschiedene, dass jede Beschreibung von ihnen, wenn auch kurz verfasst unmöglich ist. Aber alle sind sie der Betrachtung wert: die zu den alten Palästen und Patrizierhäusern gehörenden und einige der volkstümlichen Wohnungen, die die Eigentümlichkeit der Stadt darstellen.

Die cordobesischen Innenhöfe (Patios) stammen aus der römischen Zeit. Ihre Anordnung ist sehr einfach: sie sind eine direkte Verbindung mit den Galerien der unteren und oberen Stockwerke der Häuser, entweder mittels Bögen, Fensternischen und Balkonen oder aber über Geländer, mit Wänden und Ziegelwerk. Cordobas Farbe nimmt auf den gegipsten und gekalkten Wänden mineralische violette Tönungen an —rot und blau— in Blassgrün, zartem Silberglanz... wenn sie an ihnen —mit der Langsamkeit des Dauerhaften— hochklettern, Jasmine, Glockenblumen und in Gärten kultivierten Orangen und Zitronen; denn es ist eine sehr sugestive cordobesische Gepflogenheit, die Letzteren in Beetform anzupflanzen, damit sich das aufsteigende Grün mit dem Purpur und Gold der Orangen und der Zitronen mischt und der Blütenduft unsere Sinne betäubt.

Die zurückgezogene Lebensweise der Araber gab den Innenhöfen ein Siegel von Intimität, die selbst wenn sie vielfach durch das Blosslegen der im Renaissance-Sil durchbrochenen Gitter der Innenräume leidet, ist meistens —vor allem in den populären Höfen— im Wesentlichen bewahrt; fast alle weisen eine wundervolle innere Luminosität auf und doch sind sie nur über einen kleinen und schmalen Eingang zugängig.

Die volkstümlichen Innenhöfe von Córdoba weisen schneeweiss gekalkte Platten und Wände auf, unterbrochen durch Jasmine, Honigblumen, Passionsrosen, Celestinen, Efeu, Kletterpflanzen, Malvarosen, Lilien, Nelken, Dahlien, Tulpen, Vergissmeinicht, Anemonen, Immergrün, Lyrien, Veilchen usw... einfache Steinbrunnen, Korkziegel, Steinbogen, alte Säulen, bemalte Pfeiler usw. Einer Besichtigung wert sind die Innenhöfe in "Albucasis" No. 6, mit einem Springbrunnen mit achteckigem Becken in der Mitte; "San Basilio" No. 27, klein und mit hölzernen Balkonen; "Enmedio" No. 25, mit Ziegelbogen, Brunnen und dörflicher Küche; "Enmedio" No. 29, mit einem Säulengang aus drei blankgeweissten Bögen, Säulen und Kapitellen; "Parras" No. 4, in einem Haus aus dem Jahre 1589; "Montero" No. 12, eine Kombination von drei durch Ziegelsteinbögen verbundenen Innenhöfen; "Cristo" No. 14, mit zwei, durch einen mit Blumentöpfen bedeckten Gang verbundenen Abteilungen; "San Juan de Palomares" No. 11, längs ausgerichtet und gepflastert, wo die Pflanzen aus den kleinsten aller Blumentöpfen der Innenhöfe herabhängen; "Siete Revueltas" No. 3, mit Blumenrändern vor den weissen Mauern und einer grossen Anzahl Geranien.

Es gibt eine "Vereinigung von Freunden der cordobesischen Innenhöfe" für deren Verteidigung und Unterhaltung. Man muss unbedingt den ihr angehörenden Innenhof, —einer der schönsten in Córdoba— besuchen, welcher in "San Basilio" No. 50 gelegen ist.

22. DIE CORDOBESISCHEN PALÄSTE

Córdoba bewahrt einen grossen Teil seiner Paläste und Patrizierhäuser: sie sind besondere architektonische Zeugen, die die Lebensweise der cordobesischen Vorfahren enthüllen und eine ganze Reihe artistischer Stile im Laufe der Zeiten vermitteln.

Die Farbe Córdobas —in den Palästen— schwankt zwischen den grauen und kupferfarbigen Tönungen des Hintergrundes, der gebrannten Farbe —gelb— und dem haarfarbenen oder klaren Kastanienbraun der Mauern und Wände. Unter diesen Gebäuden wollen wir Folgende besonders hervorheben:

Den *Palast des Markgrafen von Viana*, das frühere Stammhaus de. Villaseca, das durch einen aus dem XVII. Jahrhundert stammenden Innenfrof zugängig ist, mit einer Treppe mit reichem und polychromatischem Tafelwerk, Salonen und einer vollständigen Bibliothek ausgewählter Themen über die Jagd. Der Palast birgt wertvolle Sammlungen von Frauenkleidern, Fliesen aller Art mit äusserst seltenen Exemplaren aus dem XIII. Jahrhundert und cordobesische Silberarbeiten mit bedeutenden Kleinoden aus Filigranarbeit. Das Gebäude hat insgesamt vierzehn Innenhöfe: alle von erlesener Schönheit, mit Buchsbaum, Zypressen, Orangen-Spalieren und Gärten, Brunnen und Springbrunnen.

Der Palast der Provinzverwaltung, am Kolumbusplatz gelegen und im ehemaligen Merced-Kloster untergebracht. Dieser Palast besitzt verschiedene Innenhöfe, insbesondere der Haupthof aus weissem Marmor mit einem Brunnen in der Mitte, weiten Bogengängen und ausgezeichneten Balkonen, die zusammen mit der Treppe ein harmonisches Ganzes bilden. Hervorragend ist seine barocke Kirche mit Kreuzgängen, die in Form von halben Orangen bedeckt

62. Hauptinnenhof des Palastes der Abgeordnetenversammlung. (Diputación).

sind. Sehr bedeutend sind die Skulpturen des Hochaltars, ein Werk von Gómez de Sandoval, die Gemälde des Malers Cobo de Guzmán, das Kruzifix aus dem XIV. Jahrhundert, zweifellos die älteste Skulptur von Córdoba. Ausserst interessant ist die grossangelegte Fassade, ausgiebig im lebhaften Barockstil bemalt und dekoriert. Das Tempeltor ist im Schnörkelstil ausgeführt und stammt aus dem Jahre 1745.

Der *Círculo de la Amistad*, das früherer Kloster von Nuestra Señora de las Nieves, mit mehreren Innenhöfen und Gärten. Hervorzuheben ist der Haupthof aus weissem Marmor mit einem Fliesensockel, der gegen 1920 restauriert wurde. Er besitzt einen schönen Sitzungssaal mit Gemälden von Rodríguez Losada über Szenen aus der Geschichte von Córdoba.

Das Haus des Höheren Konservatoriums für Musik und Schule für dramatische Kunst ist ein im ehemaligen, wieder aufgebauten Palast des *Markgrafen de la Fuensanta del Valle* gelegenes Bildungszentrum: es besitzt einen sehr schönen Hof und ein prächtiges Theater. Das 1551 errichtete Vorderteil ist ausgezeichnet erhalten und stellt ein gutes Beispiel des Schnörkelstils dar.

Die Schule für Angewandte Kunst und Künstlerische Berufe, im Palast der *Herzöge von Hornachuelos* untergebracht, mit einer ausserordentlichen Treppe aus dem XVII. Jahrhundert, künstlerischen Glasmalereien und schönen Gärten.

Die "Casa de los Páez" —Sitz des Archäologischen Provinzialmuseums— mit einer schönen, von Hernán Ruiz und Sebastián de Peñarredonda errichteten Fassade.

63. *Eine der Fassaden des Hauses der Marquisen del Carpio.*

Folgende Gebäude sollten ebenfalls besucht werden: "Campanas", "Marqueses del Carpio", "Caballeros de Santiago", "Villalones", "Hernán Pérez de Oliva" und die Tierärztliche Fakultät.

23. CORDOBESISCHE FRÖMMIGKEIT. DIE "TRIUNFOS" ZU EHREN VON SAN RAFAEL

Córdobas Schutzheilige sind die Märtyrer San Acisclo und Santa Victoria, aber die Frömmigkeit des Volkes verteilt sich mit grossem Eifer zwischen der Virgen de los Dolores, der Virgen de la Fuensanta und dem Erzengel San Rafael; dieser Letztere ist Schutzherr der Stadt und ihr ewiger Magistrat.

Die *VIRGEN DE LOS DOLORES* wird in der Kirche des Krankenhauses San Jacinto in einem Körbchenbild verehrt, das vom cordobesischen Bildhauer Julio Prieto anfangs des XVIII. Jahrhunderts geschaffen wurde: sie ist Gegenstand der aufrichtigen Verehrung seitens der Cordobesen, die sie das ganze Jahr hindurch jeden Freitag besuchen, um zu beten.

Das Bildnis der *VIRGEN DE LA FUENSANTA* wurde im abgesägten Stamm eines Feigenbaumes entdeckt, aus dessen Wurzel eine Quelle entsprang. Das geschah am 8. September 1442. Das Heiligtum stammt aus dem XVII. Jahrhundert. Die Jungfrau aus geröstetem Ton, —sie misst nur einundfünfzig Zentimeter— trägt auf ihrem linken Arm das Jesuskind. Sie ist Mit-Schutzheilige der Stadt.

Der *ERZENGEL SAN RAFAEL* geniesst seit je eine besondere Verehrung. Sein Hauptbild befindet sich seit dem XVIII. Jahrhundert in der Kirche des Juramento in einer wunderschönen Ausführung von Gómez

64. *Das Bildnis des Heiligen Raphael beherrscht eine der Seitenmauern der Römischen Brücke.*

de Sandoval. Siene Verehrung ist durch zwei Tatsachen gekennzeichnet: seine Erscheinung 1278 dem **Fray Simón de Sousa**, und seine Erscheinungen 1578 dem Hochwürden Pater Andrés de las Roelas. Der Erzengel schwor ihm bei folgenden Worten, die tausendfach in den *triunfos* und an verschiedenen Stellen der Stadt in Marmor graviert sind: *Ich schwöre Dir im Namen des gekreuzigten Jesus Christus, dass*

71

65. *Die Hl. Jungfrau "de la Fuensanta", die Schutzheilige von Córdoba.*

ich Rafael bin, der Engel, den Gott als Wächter dieser Stadt bestellt hat.

Die bildlichen Darstellungen von San Rafael finden sich an vielen Stellen, Plätzen und Strassen. An der Fassade der Kapuzinerkirche wurde **1655 eine angebracht; an der Römischen Brücke ist eine weitere, 1651** von Gómez del Rio geschaffen; an der Fassade des Mercedklosters findet man ebenfalls eine ausgezeichnete Darstellung; seit 1644 weist der Turm der Kathedrale eine des Bildhauers Pedro de Paz auf, und schliesslich gibt es noch seit etwa dreissig Jahren eine weitere, die am Haupttor des Städtischen Stadions des Arcangel angebracht ist.

Die Farbe Córdobas vergeistigt sich in den *triunfos* —Sienaerde, Bleiweiss, Blutstein, Preussisch- Blau— und nimmt mit ihnen Wachspatina an. Denn die Besonderheit der Verehrung San Rafaels liegt in diesen Denkmäler. Diese bestehen aus einem Sockel, als Basis für eine oder mehrere Säulen, die ihrerseits mit einem Bildnis des Erzengels abschliessen. Folgende heben sich besonders hervor: "Campo de San Antón", ein 1747 geschaffenes Werk des Bildhauers Estrella; der der "Pla-

66. *Triumpf-Denkmal zu Ehren von Sankt Raphael, neben dem Tor der Brücke.*

67. *Das wunderschöne Bildnis der "Virgen de la Paz", unter dem Thronhimmel und umgeben von Rosen.*

za de Aguayos", von den Grafen de Hornachuelos 1763 gestiftet; der der "Plaza del Potro" 1772 von Verdiguier geschnitzt; der der "Plaza de la Compañía", ein Werk des Bildhauers Juan Jiménez; der der "Glorieta del Conde de Guadalhorce" —vor dem Bahnhof—; der der Neuen Brücke, von Ruiz Olmos 1958 geschaffen.

Aber der eigentliche *triunfo* erhebt sich auf dem grossen Gelände hinter der Mezquita. Sein Gestell wird von einem riesigen Steinblock gebildet, mit Darstellungen cordobesischer Flora, Fauna und Erzeugnissen: darüber Santa Bárbara, San Acisclo und Santa Victoria; er besitzt Reliquien von Heiligen, das Grabmal des Bischofs Don Pascual und eine schlanke Säule, die dem Bildnis von San Rafael als Stütze dient. Sein Schöpfer war Miguel Verdiguier, der es zwischen 1765 und 1781 im Auftrag des cordobesischen Domkapitels errichtete.

24. DIE KARWOCHE

Sollten wir Cordobas Karwoche mit nur zwei Worten bezeichnen, so würden dies folgende sein: Insichgehen und beten. Die von der Stadt dem Gedanken an das Leiden des Herrn gewidmeten Tage nehmen ein erschütterndes Ausmass an, und da die grosse Woche der Christen eine Woche vor oder nach dem Frühlingsbeginn stattfindet, ist der Kontrast der Busstage besonders spürbar, bei allen möglichen Vorfällen und überschwenglichen Gefühlsausdrücken.

Cordobas Farbe schwankt dann zwischen dem dunklen Rot mit schwarzen und goldenen Nuancen und dem Weisslichen, Zitronenfarben oder Violetten, aber sauber und rein, kräftig und leuchtend. Die Karwoche wollen wir nun ganz kurz und synthetisch beschreiben, aber das kann nur durch einige wichtige Typs und Hinweise erfolgen und zwar für jene, die sie miterleben möchten. Zwischen dem Palmsonntag und dem Osterfest durchschreiten sechsundzwanzig Brüderschaften die städtischen Strassen. Der Umzug hat ausgesprochenen Buss-Charakter und es werden dabei verschiedene "pasos" (Darstellungen aus dem Leben Christi oder eines Heiligen) als Einladung zum Nachdenken und zur Busse mitgetragen. Wir können dieser Stelle nur die zu feiernden Umzüge aufzählen und die Stelle angeben, wo sie am besten bewundert werden können, weil diese jeweils den Höhepunkt jedes Umzuges darstellt.

Zu ihrer Beschreibung unterteilen wir sie in Nazarener, Gekreuzigte und "dolorosas" (Unsere Schmerzvolle Frau). Zu den ersten gehören: "Jesus zieht im Triumoh in Jerusalem ein", im Realjo zu sehen; "der Leidende Jesus", in der Strasse Santa Isabel; "der Wiedergewonnene Jesus", auf dem Platz Corazón de María; "der verurteilte Jesus", auf dem kleinen Platz San Felipe; "Unser Vater Jesus des frohen Ereignisses", neben der Fuenseca; Jesus de Nazarener" auf dem Platz San Agustín; "Jesus wird gefangen genommen" neben dem Vorbau zur Kirche San Lorenzo; "Unser Vater Jesus der Passion" vor den Gärten des Alcazar; "Jesus auf dem Golgotha" auf dem Platz San Andrés; "Herr der Ergebenheit und der Geduld" auf dem Gartenplatz des Cardenal Toledo; "der gefallene Jesus" mitten unter den Orangenbäumen der Calle Mayor de Santa Marina...

Die besten Stellen zur Betrachtung der Gekreuzigten sind: "Der heiligste Christus der Leiden" im oberen Bogen der Corredera;" "Heiliger Christus der Liebe" neben dem San Rafael an der Neuen Brücke; "Christus auf dem Kreuzweg" in der

68. *Jesus der Nazarener, das Kreuz auf dem Rücken tragend. (Foto Triviño).*

Mascaronesstrasse; "Christus der Erlösung der Seelen" am Ausgang der Puerta Osario; "Der hinscheidende Christus" am Eingang der Strasse San Zoilo; "Christus der Barmherzigkeit" auf dem Almagra-Platz; "Herr der Caritas" auf dem Potroplatz; "der Allerheiligste Christus der Gnade" in der Strasse María Auxiliadora; "Christus des Schönen Todes" an der Rückseite der Kirche San Miguel; "Heiliger Christus der kerabnehmung vom Kreuze" auf den tausendjährigen Steinen der Römischen Brücke; "Christus der Gnade" auf dem Platz de las Doblas; "Unser Herr des Heiligen Grabes" auf dem Platz der Compañía...

Für die Umzüge der Leidenden Jungfrauen können wir folgende Stellen bezeichnen: "Jungfrau der Hoffnung" vor der Kirche Santa Marina; "Jungfrau der Bitterkeit" in der Strasse San Pablo; "María der Gnaden" unterhalb des Malmuerta-Turms; "Der hinscheidende Christus" in der Strasse Torres Cabrera; "Die Jungfrau der Pietät" vor der Kirche San Lorenzo; "Heiligste María der Barmherzigkeit in ihrem Schmerz" in der Strasse Alfaros; "Heiligste María der Liebe" am Ausgang des Bogens der Königlichen Stallungen; "Jungfrau des Friedens" im Cistergarten; "Jungfrau der Tränen" auf dem San Pedro Platz; "Die Einsamkeit" im Abstieg von der Cuesta San Cayetano; "Unsere Frau der Märtyrer" an der Ecke der Strasse Alfonso XIII; "Heiligste Jungfrau der Angste" auf dem Salvadorplatz und die "Jungfrau der Schmerzen" bei ihrer Rückkehr vom Umzug auf dem Kapuzinerplatz.

Diese ganze herrliche und vielfarbige Theorie der Prozessionsdarstellungen wird während der Karwoche in Córdoba noch vervollständigt durch Offizien, Busen und andere kirchliche Veraustaltungen sowie durch typische Gewohnheiten, Besuch der Sakramenthäuschen, Wiederaufbewahrung der "pasos" und einer eindrucksvollen Darbietung von Saetas, die spontan von Männern und Frauen aus dem Volke gesungen werden.

25. DIE MAI- MESSE

Die wichtigste Messe (Feria) Córdobas ist "Unserer Frau der Gesundheit" Sie beginnt am 25. Mai und endet am 2. Juni. Im September wird eine weitere abgehalten, die sogenannte Herbstmesse; sie beginnt am 25. und dauert vier Tage.

Die "Maimesse", wie die Cordobeser sie gemeinhin nennen, schliesst mit einem prächtigen Schlussakt nach einem Monat ab, in dessen Verlauf es Feste über Feste gab: "Wallfahrt Unserer Frau von Linares", "Maikreuze", "Gitter und Balkone", "Festlichkeiten der cordobesischen Innenhöfe (Patios)", "Nationale Flamenco-Wettbewerbe"... Im Mai ist Córdoba vielfarbig, barock, buntscheckig, explosiv, sich in der Kobaltskala bewegend —vom Grün zum Blau—; mit einer Plattform aus Schatten gebrannter Erde; aber auch Purpur, Bernstein, Scharlach...

Die "Messe unserer Frau der Gesundheit" ist ein Anziehungspunkt der Fremdenverkehrs: Stierkämpfe, Wettbewerbe, Ausstellungen, Theatervorstellungen, Flamenco-Veranstaltungen, soziale und familiäre Schaubuden; Menschenströme, die auf dem Messegelände ihre Freude und ihre gute Laune verbreiten... Zum Glanz der Messe tragen die Enthusiasten der "Peñas" bei: kleinere Verbände von Freunden, die sich zu Erholungs—, Sport- oder Familienzwecken zusammenschliessen und die darüber hinaus auch kulturelle und gastronomische Ziele verfolgen. Einige pflegen Stierkampftätigkeiten und andere nehmen an schönen Ausflügen teil; aber an der "Maimesse" beteiligen sie sich so entschlossen, dass ihr Zugegensein und ihre Bemühungen grundlegende Beiträge zum Glanz der Feierlichkeiten sind. Die Einrichtungen ihrer Festbuden auf dem Messegelände sind entscheidend.

Eines der am meisten zu bewundernden Dinge der "Maimesse" ist der Pferde- und Reiterumzug. Cervantes hat von Cordoba gesagt, dass es "die Geburtsstadt der besten Pferde in der Welt" sei. Die Cordobeser kennen die Qualität ihrer Pferde: sie wissen, wann es ein Damenpferdchen, ein Treiter, oder eine kleine Mähre, grauscheckig gesprenkelt, eierfarbig, Alazan, flink oder kastanienbraun ist. Sie unterscheiden genau aufgrund der äusseren Merkmale —Bein, Maul und Mähnen— was für eine Kathegorie sie besitzen und sind sich der Eleganz bewusst, die ihnen zum Weltruf verholfen hat. Es ist Sitte, dass der Mann zusammen mit seiner Begleitung, hinter ihm auf dem Pferderücken sitzend, reitet: der Cordobeserin — wunderschön aufgrund der kleidsamen Tracht und der Natur - Sie ist bekleidet mit den einfachen, regionalen Tracht, mit feiner Eleganz, verschiedenen Volants und einem Schultertuch aus Seide um die Taille; ihre attraktive Figur wird durch eine lockige Knotenfrisur, mit kleinen über die Ohren hängenden Löckchen, noch reizvoller gemacht.

Die Männer tragen schwarze Kleidung, oder auch braun und grau, mit enger und etwas kurzer Hose, hohen Lederstiefeln, Schutzdecken aus Fohlenfell und kurze Jacken mit Schnüren oder Korde; eine Bauchbinde und ein gekräuseltes Hemd gehören auch dazu. Die ganze Aufmachung wird durch den in der ganzen Welt berühmten cordobeser Hut vervollständigt, dessen Geheimnis in seiner Härte und in der Haltbarkeit der Krempe besteht, die glatt ist, sowie in der Haltbarkeit der Farben:

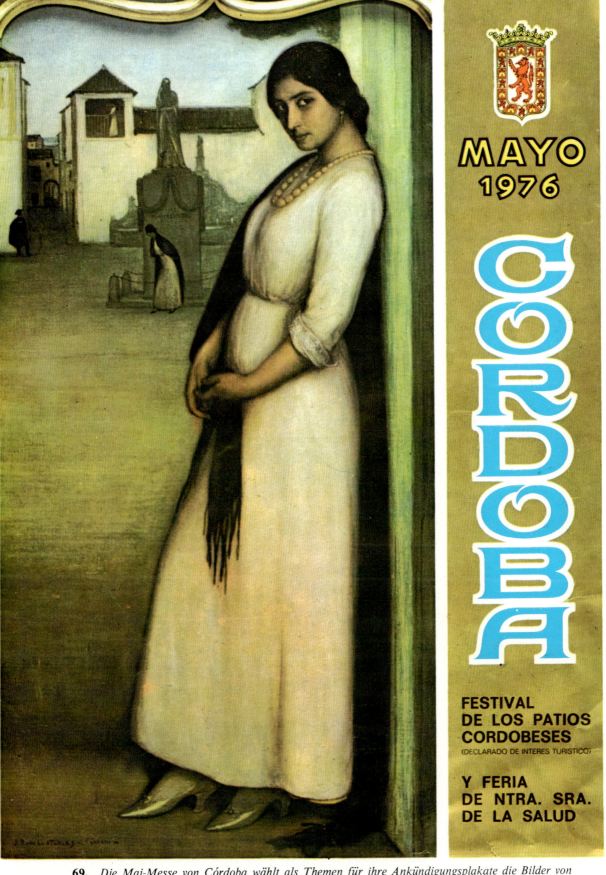

69. *Die Mai-Messe von Córdoba wählt als Themen für ihre Ankündigungsplakate die Bilder von Romero de Torres.*

70. *Ritter mit jungen Mädchen auf dem Pferdekreuz, in der Mai-Messe.*

perlgrau, silbergrau, stahlfarbig, mit kräftiger schwarze Fabe —so wie ihn der Spiessstierkämpfer Antonio Cañero trug: kastorfarben und braun. Die ursprünglichen cordobeser Hüte hatten folgende Abmessungen, wobei auch die verschiedenen Modelle erwähnte werden sollen: früherer Halbrechter: 10 cm hoch und siebeneinhalb cm Krempe; sie wurden auch zu 11 mal 8 cm hergestellt. Der frühere konische Hut: 13 mal 19 cm.

Der moderne cordobesische Hut wird mit 9 cm Stumpenhöhe und 7,5 cm Krempe fabriziert.

26. STIERKÄMPFERISCHES CORDOBA

Córdoba ist eine fruchtbare Erde für die Kunst des Stierkampfes, wie Seine Geschichte bestätigt. Im städtischen Archiv befindet sich ein seltsames Dokument, aus dem hervorgeht, dass im Jahre 1493 im Hof des Schlosses ein Kampf mit zwei Stieren zu Ehren des Prinzen Don Juan, des Sohnes des Katholischen Königspaares stattfand.

Zu allen Zeiten wurden an verschiedenen Stellen der Stadt Stierkämpfe abgehalten und ganz besonders seit 1592 auf dem Correderaplatz. Ebenso fanden Stierkampffestlichkeiten auf dem Platz der Magdalena, in der Strasse der Feria und auf dem Gelände der Merced —wo sich der alte Schlachthof befand, den die Aufäuger der Stierkampfkunst bevorzogen und dessen Tradition und Ruf so gross waren, dass ein städtischer Beschluss von 1505 das Stierkämpfen auf dem Schlachthof infolge der gefährlichen Vorkommnisse und Unfälle, die sich durch die Stierkämpfe an jenem Ort ereigneten, verbot.

Der grösste Teil der stierkämpferi-

71. *Mai-Messe. Jungstierkampf (Becerrada) der cordobesischen Frau.*

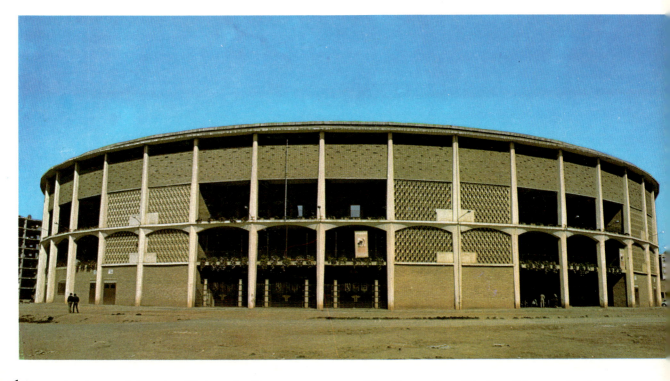

◀ 72. *Ankündigungsplakat des "Rejoneadors" (berittener Stierkämpfer) Antonio Cañero, gemalt von Ruano Llopis.*

73. *Der moderne Stierkampfplatz von Córdoba. (Foto Triviño).*

schen Geschichte Córdobas konzentriert sich auf die Arena de los Tejares —von 1846 bis 1965—. Dieser Stierkampfplatz wurde von Juan León "Curro Cúchares" und Antonio Luque "Camará" eingeweiht. Im Verlauf seiner Geschichte nahmen in ihm elf Matadores die Alternative, worunter wir folgende Cordobeser erwähnen: José María Martorell (1949); Manuel Calero "Calerito" (1950) und Manuel Cano "El Pireo" (1964).

Der heutige Stierkampfplatz von Córdoba befindet sich in Ciudad Jardín. Er wurde mit einem Stierkampf am 9. Mai 1965 eingeweiht, der in selbstlos von "El Cordobés" zu gemeinnützigen Zwecken der **Spanischen Vereinigung zum Kampf gegen den Krebs**" organisiert worden war. Auf dem Einweihungsprogramm standen José María Montilla, Manuel Benítez "El Cordobés" und Gabriel de la Haba "Zurito" und es wurden Stiere von Carlos Nuñez bekämpft.

Die Stierkampfgeschichte von Córdoba wies eine grosse Anzahl von Stierkämpfern, Banderilleros, Hilfspersonal, Picadores, Züchter von ¡wilden! Stieren und Spiesstierkämpfern zu Pferde auf —eine exemplarische Persönlichkeit dieser Letzteren war Don Antonio Cañero. Als Symbol der äusserst langen Aufzählung erwähnen wir Rafael Molina "Lagartijo", ein charakteristischer cordobesischer Vertreter auf dem Gebiet des Stierkampfes, ein Meister höchster Eleganz und hervorragendster Vertreter dieser Kunst. Sein Wettbewerb mit "Frascuelo" —von 1867 bis 1890— verschaffte dem Nationalfest beispielloses Interesse und Leidenschaft; Rafael Guerra "Guerrita" (1862-1941), eine unerhörte Persönlichkeit mit einzigartiger Beherrschung aller Stierkampfphasen; Rafael González "Machaquito" (1880-1955), ein prächtiger Stierkämpfer mit sicherem Degen und Manuel Rodríguez "Manolete" (1917-1947), eine wirklich aussergewöhnliche Figur im Stierkampf, genauer Darbieter des cordobesischen Klassizismus, und erhabener Schöpfer im Stierkampfwesen: elegant, genügsam und gebieterisch. Durch seine Kategorie, Meisterhaftigkeit und Ehrauffassung ist er zur Legende geworden, als er am 28. August 1947 in Linares an den Folgen einer Wunde starb, die ihm der Stier "Islero" der Züchterei Miura beigebracht hatte.

"Lagartijo", "Guerrita", "Machaquito" und "Manolete" werden als die Kalifen der cordobesischen Stierkampfkunst bezeichnet.

Schliesslich ist es nur gerecht, Manuel Benítez "El Cordobés" zu erwähnen, der 1937 in Palma del Rio geboren wurde, ein volkstümliches Idol und ein Revolutionär der Stier-

74. Der erfrischende und nahrhafte "Gazpacho cordobés" (cordobesische Rohgemüse-Suppe).

kampfkunst, ein sonderbarer Erfinder von neuen Stierkampfmethoden, die man nicht in den früher aufgestellten Rahmen einreihen kann.

Córdobas Farbe wird bei den Stierkämpfen blendend. Die Leuchtkraft der Sonne zerlegt sich in das Gold, das Silber und die Seide der Paradeumhänge; der Atlas des Saffianleders und der Silberzwist verbinden sich in Metallen und Farben —Tabak, Mohn, lila, fleischfarben, malvenfarben— der kalkweisse Hintergrund, eine riesenhafte vergoldete Schale, wo das Fest sich in Gleichgewicht zwischen Kunst, Tod und Ruhm verwandelt.

27. CORDOBAS KÜCHE

Die cordobesische Küche stellt unter den verschiedenen der Region eine Besonderheit dar. Durch den schönen Roman, von Francisco Delicado im XVI. Jahrhundert geschrieben, "La lozana andaluza" haben wir eine eingehende Kenntnis, wie sie damals war: Nudeln, gefüllte Pasteten, Kuschkus mit Erbsen, ganzer Reis, trocken und fettig, runde und mit grünem Koriander versehene Fleischklösschen, gepökelte Hammelbrust, abgestandener Eintopf, Schüssel mit Eieräpfeln, Pfeffergemüse usw... und Süssigkeiten, Sirupspeisen, Blätterteig, Gebäckstangen, Honigröllchen, Sesamostückchen und Blättergebäck.

Es ist heute gelungen, eine grosse Anzahl Rezepte der cordobesischen Küche zusammenzustellen; aber angesichts der Unmöglichkeit, sie einzeln aufzuführen, erwähnen wir hier den Gazpacho, Schüsselspargel, Stierschwanzgulasch in Übereinstimmung mit den kulinarischen Formeln, die der Küchenchef im Zirkel der Freundschaft in Herr Angel Cordoba Caballero uns übermittelt hat.

Cordobesischer Gazpacho.—In einem Mörser werden vier Knoblauchzehen kleingestossen. Man fügt Brotkrumen, geschälte Tomaten, Olivenöl, Eier und Salz hinzu. Das Ganze wird mit dem Stössel zerstampft und so lange bearbeitet, bis eine zähe Masse entsteht, der man Wasser zugibt. Man gibt es durch ein feines Sieb und serviert es kalt, unter Beigabe von Gurken, Tomaten, grünem Pfeffer, Zwiebeln und in Würfel geschnittenem Brot als Beilage.

Schüsselspargel.—In einer Pfanne werden einige Knoblauchzehen geröstet —mit gebratenem Brot, einigen Tropfen Essig und Eigelb— und in einem Rührwerk zermahlt. Man gibt Wasser hinzu und schmeckt mit Salz ab. Wenn alles kocht, werden die kleingeschnittenen Feldspargel beigegeben —es muss wilder Spargel sein— und fünf Minuten lang gekocht. Man gibt sie in den Topf und fügt die Eier hinzu: Danach kommen sie in den Ofen. Sie werden heiss serviert.

Stierschwanzgulasch.—Man bratet eine Mischung von Tomaten, Pfefferschoten, Knoblauch, Möhren, Zwiebeln und Petersilie, ein paar Lorbeerblätter, etwas Pfeffer und Muskatnuss; man fügt etwas Montillawein hinzu und zerkleinert alles mit dem Elektroquirl; man drückt es durch ein Tuch oder ein Sieb und gibt die Schwänze hinzu, die bereits vorher gedünstet worden sind. Man kocht bei schwachem Feuer, bis das Fleisch sich vom Knochen löst. Man serviert in einer Tonschüssel, damit keine Hitze verloren geht und verziert mit Möhren, Schinken, Julienne und Kartoffeln.

Man muss noch andere berühmte Spezialitäten der cordobesischen Küche aufzählen: ein Gericht aus Spinat und Sauerampfer, cordobeser Topf, Brotkrumen mit Bratwurst, Blut mit Zwiebeln gemischt, Schnecken auf "Parra"-Art, Pilzomelett, Fische in Weinsauce, Schweinsfüsse auf cordobesischer Art, Hase in "pebre" (pebre ist eine Sauce aus Knoblauch, Petersilie, Pfeffer und Essig), Täubchen mit Oliven, Rebhuhn in pikanter Sauce, Hammel im Topf und Froschschenkel mit Tomaten.

Als feinsten und delikatesten Nachtisch kann man kosten: süsse Quitten, Röllchen aus Mandeln, Nüssen und Honig, Marzipan, cordobesische Pastete —aus Teig und Cider—, Stangenkuchen, Kuchen aus gezuckerten Pinienkernen und Merengas aus Kaffee oder Erdbeeren. Zu Weihnachten gibt es Kuchen und Rundschlangen aus Honig und Wein, in der Karwoche süsse Stangen, Blattkuchen, Gebäck aus Mehl, Eiern und Honig, in Wein getränktes Gebäck und Milchschnitten.

Córdoba besitzt eine reiche Farbskala in seiner Gastronomie —gläsern, bleiweiss, kristall, kastanienbraun und feuerrot— sowohl in den Wohnungen als auch in den Geräten, in den Elementen und Speisen. Trotzdem sind die Küchenerzeugnisse rein, einfach, unkompliziert und zudem einfach köstlich.

75. Die Stierschwänze bilden ein bekanntes Gericht der cordobesischen Gastronomie.

28. CORDOBA UND SEINE DENKMÄLER

Die Stadt Córdoba liebt es, die Hochschätzung seiner berühmten Bürger zu preisen. Um dieser Wertschätzung Dauerwert zu verleihen, verewigt sie ihre hervorragenden Persönlichkeiten in Bronze oder Stein, die ihren Wert durch die Jahrhunderte verkünden, wobei die Ausführung den jeweils besten Bildhauern übertragen wird. Hernach werden die Aufstellungsorte sorgsam ausgewählt und die Statuen liebevoll auf Plätzen, in Höfen und Gärten aufgestellt. Córdobas Farbe wird opalartig —zwischen weiss und bläulich mit irisierenden Reflexen— auf würdiger Erde, rot, unberührt, cochenillerot, feuerrot, bleich und grau.

Die grosse Reihe berühmter Männer kann mit dem Reiterstandbild des Gran Capitán beginnen, das im Scheitelpunkt der Stadt, dem Platz José Antonio —las Tendillas— aufgestellt ist. Es wurde von dem cordobesischen Bildhauer Mateo Inurria 1924 geschaffen.

Auf dem Kapuzinerplatz —in der Biegung der Liceostrasse— erhebt sich das Osiodenkmal für den cordobesischen Bischof, der dem Konzil von Nicea vorstand und der eines der schönsten Gebete der katholischen Kirche schuf: das Kredo. Das Werk wurde 1925 von Collant Valera geschaffen. Von diesem Bildhauer stammt auch das 1929 in Las Ermitas errichtete Denkmal des Heiligen Herzes Jesus.

Die oberen Gärten zeigen uns das Standbild des Herzogs von Rivas —don Angel Saavedra y Ramírez de Baquedano—, des grossen romantischen Autors des "El moro expósito" und des "Don Alvaro o la fuerza del Sino". Es ist ein sehr schönes, von Mariano Benlliure 1929 geschaffenes Werk.

In den unteren Gärten können wir

76. *Denkmal zu Ehren von "Manolete", auf dem Santa Marina-Platz, ein Werk von Fernández Laviada.*

77. Denkmal zu Ehren von Averroes, ein Werk von Pablo Yusti. Im Hintergrund, die Stadtmauer.

78. Ritterstatue des Grossen Kapitäns, ein Werk des cordobesischen Bildhauers Mateo Inurria.

die schlanke Figur des Malers Julio Romero de Torres auf einem 1939 errichteten Denkmal betrachten, ein Werk des Bildhauers Juan Cristobal. Auf dem Platz des Conde de Priego erhebt sich das grosse Manoletedenkmal, von Laviada angefertigt und 1956 eingeweiht. Es ist eine Skulpturengruppe von grosser plastischer Wirkung. Der Bildhauer Ruiz Olmo hat vier Statuen für ebensoviele ausgesuchte Orte zur Aufstellung geschaffen: "Aben-Hazam", der moslemische Polygraph am Sevilla-Tor; "Maimónides", der jüdische Arzt und Philosoph auf dem Tiberíades-Platz; "Góngora", der ausgezeichnete Dichter auf dem Platz der Trinidad und "Séneca", der unsterbliche cordobesische Philosoph in der Murallastrasse. Ruiz

80. *Überreste des Westsalones von Medina Azahara.*

79. *Denkmal zu Ehren des Herzogs von Rivas, in den Gartenanlagen des Sieges (Jardines de la Victoria), ein Werk von Mariano Benlliure.*

Olmo ist auch Autor des Mausoleums für den Stierkämpfer "Manolete" auf dem Friedhof Nuestra Señora de la Salud.

Im Rathaus befindet sich in Erwartung seiner endgültigen Bestimmung "Nerón y Séneca", ein berühmtes Werk von Barrón, das auf der Nationalen Ausstellung 1904 ausgezeichnet wurde.

Die kürzlich erfolgte Aufnahme des grossen Bildhauers Pablo Yusti in Córdoba eröffnet gelungene und gleichzeitig vielversprechende Beiträge. Das Denkmal des moslemischen Schriftstellers und Arztes "Averroes", vor der Mauer gelegen, und "La Ninfa del Guadalquivir" in den Gärten des Schlosses sind von grosser Schönheit. Hervorzuheben ist auch sein "Monumento a los Enamorados" (Denkmal für die Verliebten).

Zahlreich anzufinden sind auch an **verschiedenen Stellen der Stadt die** Büsten bedeutender Männer. Sie sind vertreten durch den Dichter Lucano, den Stierkämpfer "Manolete", die Doktoren Al Gafequi, Luque und López de Alba; die Komponisten Martínez Rücker und Ramón Medina; den Bildhauer Mateo Inurria und den Maler Romero Barros. Herrlich ist ebenfalls das Denkmal an den Bischof Fray Albino.

29. MEDINA AZAHARA

Die Stadt Medina Azahara wurde 5 km von Córdoba entfernt vom Kali-

fen Abd al-Rahman III. erbaut. Die Überlieferung behauptet, dass dies durch ein Geldlegat ermöglicht wurde, das die Favoritin des Herrschers, al-Zahra, ihm aushändigte, damit er den Bau durchführen konnte. Die Bauarbeiten wurden im Jahre 325 der Hégira (936 n.Chr.) begonnen und dauerten 25 Jahre. Die Nachfolger von Abd al-Rahman III. erweiterten und verschönerten ihre Wohnungen, Paläste und Gärten. Trotz allem litt die schöne Stadt wie keine andere unter den politischen Vorkommnissen, und im Jahre 1010, als sie kaum 74 Jahre bestand, wurde sie von den Berbern geplündert und zerstört. Bei ihrer Eroberung durch Fernando III. el Santo blieb von Medina Azahara nur die Erinnerung übrig, und die Baumaterialien aus ihren Ruinen dienten zum Bau anderer Gebäude, Kloster oder Kirchen. 1853 identifizierte Pedro de Madrazo Medina Azaharas Überreste. Das ganze Gelände wurde 1923 zum Nationaldenkmal erklärt.

Medina Azahara besitzt einen fast rechteckigen Grundriss. Sie ist auf Treppenterassen gebaut, die sich den Berghängen anpassen und durch breite Mauern getrennt sind. Der obere Teil der Stadt war von Palästen eingenommen; im mittleren Raum verteilten sich Gemüsegärten und Gartenanlagen, und im unteren Teil errichtete man die Hauptmoschee und andere Nebengebäude, Werkstätten und Wohnungen ein.

Córdobas Farbe wird in Medina Azahara immer reiner bis zur Beteiligung an Träumereien und Evokation: grüne veronesische Erde, Perlfar, Kobaltblau, Schneeweiss, Purpur und onigfarbe vereinigen sich in ihren Definitionen in Steinen, Bäumen und der Dämmerung.

Der Besucher kann sich von der Grandiosität und Pracht der Stadt schon eine Vorstellung machen, wenn er die Höfe und Bauten durchstreift, in denen noch Reste von Ma-

lerei, Sockeln und Platten erhalten geblieben sind, ebenso wie auch Bruchteile von Säulen und Schäften, Sockeln und Kapitellen aus weissem Marmor, alles in ausgezeichneter Verarbeitung und in kombiniertem oder korinthischem Stil.

Der Beweis der unermesslichen Schönheit Medina Azaharas ist in dem 1944 entdeckten Gebäude zu finden. Es ist ein riesiger Salon, der für Empfänge und Audienzen des Kalifen Abd al-Rahman III. und seiner Nachfolger diente. Aus den Inschriften, die nicht nur die Daten, sondern auch die Namen der Künstler erwähnen, die den Bau durchführten, kann man ableiten, dass er zwischen 956/957 vollendet wurde. Sein küstlerischer Höhepunkt liegt in der vollständigen Übernahme syrischer und byzantinischer Einflüsse durch die cordobesischen Kalifen, ein Zeugnis der ausgezeichneten Qualität der spanischen Kunst unter der Kalifen.

Medina Azahara sollte man eingehend besichtigen. Ihr allgemeiner Anblick, von Fusse des Yebel al Arús oder "Monte de la Novia" aus gesehen, ist sehr schön und der Königliche Saal oder das Haus der Wesire sind sehr anziehend. Die südliche, von vier Wasserteichen umgebene Terrasse, der wundervolle Portikus des Königssaals, die Innenkapitelle des genannten Saals, seine Eingangsbogen, sein Bethaus mit dem Becken für die Aliligen Waschungen im Hof, die sehr reich dekorierten Wandpfeiler und die phantastischen Sammlungen von, Kapitellen und Keramik: das alles bildet ein in der ganzen Welt inmaliges Ganzes.

30. DAS HEUTIGE CORDOBA

Seiner geschichtlichen Bastimmung bewusst, hat sich Cordoba darum bemüht, die radikale Veränderung

seiner städtlichen künstlerischen Zone zu verhindern, womit sein echtes Wesen verlorengegangen wäre. Das steht aber keineswegs einem modernen Wachstum entgegen, dessen architektinosche Zeugen sich in den schönen geradelinigen und heiteren Allen erheben. Es wurden kühne Bauten errichtet, die neben ihrer Ausdruckweise in Beton, Eisen, Stahl und Alluminium immer ein Plätzchen für eine Reihe Rosensträucher oder Geranien finden, die letzten Endes die Schlacht gegen das prosaische Material gewinnen, indem sie es überwachsen und verschönern. So ist es im Falle des Jose Antonio-Platzes, früher "Tendillas" genannt, der obwohl mit modernen Bauten versehen, sein Ganzes durch Blumen harmonisiert und sich noch dazu den Luxus leistet, auf der höchsten Spitze seines höchsten Gebäudes —als ein Symbol dafür, dass er mit der Zeit geht— eine wunderschöne Uhr aufzuweisen, die die Stunden mit "soleares" (andalusischer Gesang) schlägt.

Die Farbe des neuen Córdobas ist ein dunkles Blau, Rosa, weizenfarbig, zart. Sie verbindet sich mit der Theorie der grauen und grünen Schattierungen. Man verwechselt sie in angenehmer Weise mit den Bäumen, den Blumen, den Häusern und dem Himmel. Um dies zu begreifen, gibt es nichts Besseres als einen Spaziergang durch die breiten Alleen des "Conde de Vallellano", der "República Argentina", von "América", des "Alcazar", des "Corregidor", der "Medina Azahara", des "Generalísimo", von "Cervantes", des "Gran Capitán", von "Granada", von "Cádiz", des "Aeropuerto" (Flughafen) und der "Gran Via Parque".

Das heutige Córdoba kann uns ein Freilichttheater bieten; prächtige Parkanlagen und Gärten; das neu erbaute Provinzkrankenhaus, das als eines der besten in Europa gilt; die

◄ *81. Die elegante Säulenreihe am Eingang zum Königlichen Haus.*

82. *Oratorium, in einem Raum des Königlichen Hauses, mit einem Wasserbecken für rituelle Waschungen im Innenhof.*

83. *Luft-Teilansicht von Córdoba, mit den erst neu entstandenen modernen Wohnvierteln.*

Arbeiteruniversität "Onésimo Redondo", ein Komplex von ausserordentlicher Grandiosität, in dem der Hauptpavillon und die Kirche mit prächtigen Mosaiken und Glasmalereien ausgestattet sind, sowie sein griechisches Theater zu bewundern sind; der städtische Tierpark —bestens ausgestattet— und einer der bedeutendsten des Landes; die Residenzen der Sozialversicherung; Theater, Kinos, Bibliotheken, Sportstadien und Kulturzentren.

Der Besucher kann seinen Aufenthalt in Córdoba noch durch den Besuch von Erholungszirkel, Klubs, katholische und evangelische Kirchen, die Teilnahme an Hochjagden, Tennisplätze, Campings usw. ... ergänzen.

Die Zukunft Córdobas —die unmittelbare Zukunft— bewegt sich in den

beiden Gleisen seiner Entwicklung: die Industrie und die Kultur. Der Entwicklungspol und die Universität...

Labore, Lebensmittelbetriebe und fabriken, Olproduhtion, elektromechanische Werkstätten, Zementfabriken, Olproduktion, elektro-Maschinen; Weinkellereien, Töpfereien usw... neben den Fakultäten der Wissenschaften, Medizin, Philosophie und Geisteswissen schaften; daneben die Hochschule für Landwirtschaftsingenieure...

Aber die Physiognomie des heutigen Córdobas soll im Laufe der nächsten fünf Jahre eine tiefgehende Veränderung erfahren. Die Verlegung und der Neubau eines Bahnhofes, mit der nachfolgenden Einverleibung des sehr grossen Geländes des heutigen Bahnhofs in die Stadt, werden ihren nördlichen Teil verändern, erweitern und ausdehnen. Die Hauptstadt wird sich dem Gebirge nähern und ihre Schönheit verstärken, um sich heiterer, ausgeglichener und luminöser darzubieten...

Damit mehr als je das "Farbige Cordoba" bestehen bleibt.

84. *Luft-Teilansicht der Industriellen Entwikcklungszone von Córdoba.*

85. *Eine der modernsten Alleen von Córdoba: Die Avenue des Grafen von Vallellano.* ▶

INHALT

Farbiges Cordoba	3
Die Calahorra und die Römische Brücke	6
La Mezquita (Moschee) ein universales denkmal	8
Das Äussere der Mezquita und der Orangenhof	10
Die Mezquitas der Abderramane	13
Die Mezquita des Al-Hakam II. Der Mihr-ab	17
Von Almanzor vorgenommene erweiterung	21
Die Kathedrale in der Mezquita	25
Die Kapellen der Kathedrale. Die Schatzkammer	26
Die Synagoge	30
Der Alcazar der Christlichen Könige. Seine Geschichte	32
Der Alcazar de Christlichen Könige. Gebäude und Garten	38
Das Geschichtliche Stadtmuseum und die Volkskunst- und Stierkampemuseem	41
Das Archäologische Provinzialmuseum	47
Das Provinzialmuseum der Schönen Künste	48
Das Museum "Julio Romero de Torres"	52
Pfarrkirchen und andere tempel	55
Klöster und Heiligenstätte	57
Die Plätze Cordobas	61
Die Strassen und Typischen Winkel	62
Cordobas Innenhöfe	65
Die Cordobesischen Paläste	67
Cordobesische Frömmigkeit. Die "Triunfos" zu ehren von San Rafael	71
Die Karwoche	74
Die Maimesse	76
Stierkämpferisches Cordoba	79
Cordobas Küche	82
Cordoba und seine Denkmäler	84
Medina Azahara	89
Das Heutige Cordoba	91

COLECCION IBERICA

ARTE Y FOLKLORE

- **4708.** Alhambra de Granada. Francés.
- **4709.** Alhambra de Granada. Inglés.
- **4710.** Alhambra de Granada. Alemán.
- **4744.** Cartuja de Miraflores.
- **4754.** Cartuja de Miraflores. Idiomas.
- **4759.** Casa y Museo de El Greco.
- **4760.** Casa y Museo de El Greco. Idiomas.
- **4758.** Catedral de Almería.
- **4707.** Alhambra de Granada.
- **4761.** Catedral de Barcelona.
- **4762.** Catedral de Barcelona. Idiomas.
- **4763.** Catedral de Burgos.
- **4764.** Catedral de Burgos. Idiomas.
- **4718.** Catedral de Gerona.
- **4757.** Catedral de Gerona. Idiomas.
- **4765.** Catedral de Granada.
- **4766.** Catedral de Granada. Idiomas.
- **4701.** Catedral de León.
- **4702.** Catedral de León. Idiomas.
- **4767.** Catedral de Salamanca.
- **4768.** Catedral de Santiago de Compostela.
- **4769.** Catedral de Santiago. Idiomas.
- **4726.** Catedral de Segovia.
- **4753.** Catedral de Segovia. Idiomas.
- **4770.** Catedral de Sevilla.
- **4771.** Catedral de Sevilla. Idiomas.
- **4719.** Catedral de Toledo.
- **4772.** Catedral de Toledo. Idiomas.
- **4706.** Cerámica y alfarería populares de España.
- **4703.** Colegiata de San Isidoro.
- **4704.** Colegiata de San Isidoro. Idiomas.
- **4716.** Fallas de Valencia.
- **4717.** Fallas de Valencia. Idiomas.
- **4715.** Feria de Sevilla.
- **4752.** Feria de Sevilla. Idiomas.
- **4745.** Fiestas de moros y cristianos.
- **4723.** Generalife y sus jardines.
- **4773.** Generalife y sus jardines. Idiomas.
- **4725.** Medina Azahara.
- **4774.** Medina Azahara. Idiomas.
- **4711.** Mezquita Aljama de Córdoba.
- **4712.** Mezquita Aljama de Córdoba. Francés.
- **4713.** Mezquita Aljama de Córdoba. Inglés.
- **4714.** Mezquita Aljama de Córdoba. Alemán.
- **4734.** Monasterio de Guadalupe.
- **4732.** Monasterio de Piedra, Veruela y Rueda.
- **4743.** Monasterio de Silos.
- **4727.** Museo Julio Romero de Torres.
- **4755.** Museo Julio Romero de Torres. Idiomas.
- **4776.** Museo Nacional de Escultura de Valladolid.
- **4724.** Museo Picasso de Barcelona.
- **4777.** Museo Picasso de Barcelona. Idiomas.
- **4731.** Pilar de Zaragoza.
- **4756.** Romería del Rocío.

CIUDADES Y LUGARES

- **4775.** Albayzín.
- **4730.** Alcalá de Henares.
- **4800.** Alicante en color.
- **4801.** Almería en color.
- **4749.** Arcos de la Frontera.
- **4802.** Así me gusta Mallorca.
- **4803.** Avila en color.
- **4804.** Barcelona en color.
- **4805.** Benidorm en color.
- **4750.** Ciudad Rodrigo.
- **4806.** Córdoba en color.
- **4807.** La Coruña en color.
- **4808.** Costa Brava en color.
- **4809.** Costa Verde en color.
- **4705.** Covadonga.
- **4748.** Cueva de Valporquero.
- **4810.** Elche en color.
- **4811.** Estaciones de invierno.
- **4812.** Fuengirola-Míjas en color.
- **4740.** Fuerteventura en color.
- **4742.** Gomera y Hierro en color.
- **4738.** Gran Canaria en color.
- **4813.** Granada en color.
- **4737.** Ibiza en color.
- **4729.** Jaca y el Románico.
- **4747.** Jerez de la Frontera.
- **4721.** Lanzarote en color.
- **4741.** La Palma en color.
- **4814.** León en color.
- **4815.** Lisboa en color.
- **4720.** Madrid en color.
- **4816.** Málaga.
- **4735.** Mallorca en color.
- **4817.** Marbella en color.
- **4736.** Menorca en color.
- **4728.** Noches en Madrid.
- **4818.** Rías Bajas.
- **4819.** Salamanca en color.
- **4820.** San Sebastián en color.
- **4821.** Santander en color.
- **4722.** Santillana y Altamira.
- **4822.** Segovia en color.
- **4823.** Sevilla en color.
- **4739.** Tenerife en color.
- **4751.** Toledo en color.
- **4824.** Torremolinos-Benalmádena en color.
- **4825.** Valencia en color.
- **4826.** Zaragoza en color.